L   Coupable

suivi de

L'Alleluiah

Somme Athéologique II

Gallimard

Georges Bataille est né à Billom, dans le Puy-de-Dôme, en 1897. Son existence, qui s'achève à Paris en 1962, est jalonnée de quelques faits marquants, depuis son adhésion au catholicisme en 1914 (il perd la foi six ans plus tard), jusqu'au début de *L'expérience intérieure* en 1939, en passant par son expérience de la psychanalyse, l'adhésion au Cercle communiste démocratique et, en 1936, la lutte contre le fascisme et la formation d'une société secrète d'inspiration nietzschéenne et antichrétienne et du Collège de sociologie. Il aura cependant consacré l'essentiel de cette existence à constituer une œuvre extrêmement variée, constituée d'essais (tels *L'expérience intérieure, Sur Nietzsche, La part maudite*) et de poésie (*L'Archangélique, L'Orestie, L'être indifférencié*) qui se veut *haine de la poésie*, allant *au bout de la possibilité misérable des mots.* Cette recherche des états-limites à travers lesquels se précise la manifestation de l'« impossible » est également au cœur de ses récits, dont *Histoire de l'œil* est le plus ancien.

Le bleu du ciel, quant à lui, a d'abord été le titre d'un petit texte écrit en 1934 en Espagne — où Georges Bataille se trouvait avec André Masson — et publié en 1936 dans *Minotaure,* puis en 1943 dans *L'expérience intérieure.* Le récit a été écrit en 1935 et publié pour la première fois dans son intégralité en 1957.

J'écrivis en tête de la première édition du Coupable[1] *ces mots, dont le sens répondait (dans l'ensemble) à l'impression que j'avais d'habiter — nous étions en 1942 — un monde où j'étais dans la situation d'un étranger. (En un certain sens, cette situation ne me surprenait pas : les rêves de Kafka, de diverses manières, sont plus souvent que nous le pensons le fond des choses...) :*

Un nommé Dianus[2] écrivit ces notes et mourut.

Lui-même se désigna (par antiphrase ?) sous le nom du coupable.

Le recueil publié sous ce titre est un livre achevé.

Une lettre et les fragments d'un ouvrage commencé font l'objet d'un appendice.

★

1. Gallimard, 1943.
2. Dianus est le pseudonyme — tiré de la mythologie romaine — dont je me suis servi quand je publiai la première fois ces premières pages du *Coupable*, en juin 1940, dans le numéro de *Commerce* qui sortait à cette date d'une imprimerie d'Abbeville.

Je n'ai pas l'intention, dans ces quelques lignes — introduisant la réédition de mes deux premiers livres[1] — de chercher le principe d'où ma réflexion procédait..., mais de dire, plus modestement, de quelle manière, à mes yeux, ma pensée s'éloigne de celle des autres. Surtout de celle des philosophes. Elle s'en éloigne en premier lieu du fait de mon inaptitude. Je n'ai que très tard entrepris d'acquérir les connaissances voulues : je me fis dire que j'étais bien doué, que je devais..., mais les critiques elles-mêmes — portant sur le premier livre de cet ouvrage, elles ne m'ont pas manqué, — m'ont laissé froid. (J'ai d'autres soucis, plus raisonnables peut-être...)

J'aimerais proposer aujourd'hui cette principale explication d'une attitude qui s'éloigne : j'ai peur. *Et je ne me suis jamais senti chargé de révéler la vérité, chaque jour plus nettement, mes démarches sont d'un malade, au moins d'un homme à bout de souffle, épuisé. C'est la peur qui me porte, la peur — ou l'horreur — de ce qui est en jeu dans la totalité de la pensée.*

La recherche de la vérité n'est pas mon fort (avant tout, je l'entends de la phraséologie qui la représente). Et je dois maintenant le mettre en avant : plus que la vérité, c'est la peur que je veux et que je recherche : celle qu'ouvre un glissement vertigineux, celle qu'atteint l'illimité possible de la pensée.

Il m'a semblé que la pensée humaine avait deux termes : Dieu et le sentiment de l'absence de Dieu ; mais Dieu n'étant que la confusion du SACRÉ *(du religieux) et de la* RAISON *(de l'utilitaire), il n'a de place que dans un monde où la confusion*

---

1. *L'expérience intérieure*, 2ᵉ éd. revue. Suivi de *Méthode de Méditation*, 1956, repris dans la collection Tel, n° 23 (Gallimard). *Le Coupable*, 2ᵉ éd. revue. Suivi de *L'Alleluiah*. Ces deux livres forment les tomes I et II de *La Somme Athéologique* (Gallimard).

de l'utilitaire et du sacré devient la base d'une démarche rassurante. Dieu terrifie s'il n'est plus la même chose que la raison (Pascal, Kierkegaard). Mais s'il n'est plus la même chose que la raison, je suis devant l'absence de Dieu. Et cette absence se confondant avec le dernier aspect du monde — qui n'a plus rien d'utilitaire — n'ayant d'autre part rien à voir avec des rétributions ou des châtiments futurs *: à la fin, la question se pose encore* :

— ... la peur... oui la peur, à laquelle atteint seul l'illimité *de la pensée... la peur, oui, mais la peur de quoi...* ?

La réponse emplit l'univers, elle emplit l'univers en moi :

— ... évidemment la peur de Rien...

★

Évidemment, dans la mesure où ce qui me fait peur en ce monde n'est pas limité par la raison, je dois trembler. Je dois trembler dans la mesure où la possibilité du jeu ne m'attire pas.

Mais, humainement, le jeu qui, par définition, demeure ouvert est, à la longue, condamné à perdre...

Le jeu ne met pas seulement en cause le résultat matériel qu'à la rigueur peut donner le travail, mais le même résultat donné sans travail par le jeu. Le jeu ou la fortune. La fortune des armes se confond avec le courage, avec la force, mais le courage, la force sont en définitive des formes de la chance. S'ils peuvent composer avec le travail, le travail du moins n'accède pas à sa forme pure. Il n'en est pas moins vrai que le travail, apportant son appoint, accroît les chances de celui qui joue : il les accroît dans la mesure où, d'une manière appropriée, celui qui joue travaille.

Mais la composition du travail avec le jeu laisse en dernier l'avantage au travail. L'apport du travail au jeu cède à la fin la place entière au travail, le jeu n'ayant alors que la place réduite à l'inévitable.

Ainsi, même si mon inclination ne m'avait pas livré à l'angoisse, les voies qu'aurait pu m'ouvrir le jeu ne me laissaient pas d'issue réelle. Le jeu ne mène à la fin qu'à l'angoisse. Et notre seul possible est le travail.

L'angoisse n'est pas vraiment le possible de l'homme. Mais non! l'angoisse est l'impossible! elle l'est au sens où l'impossible me définit. L'homme est le seul animal qui de sa mort ait su faire exactement, lourdement l'impossible, car il est le seul animal qui meurt en ce sens fermé. La conscience est la condition de la mort achevée. Je meurs dans la mesure où j'ai la conscience de mourir. Mais la mort dérobant la conscience, non seulement j'ai conscience de mourir : cette conscience, en même temps, la mort la dérobe en moi...

L'homme qui, peut-être, est le sommet, n'est que le sommet d'un désastre.
Comme le coucher délirant du soleil, celui que la mort ensevelit sombre dans la magnificence qui lui échappe : elle lui échappe dans la mesure où elle le grandit. À ce moment, les larmes rient, le rire pleure, et le temps... : le temps accède à la simplicité qui le supprime.

★

En vérité, le langage que je tiens ne pourrait s'achever que par ma mort. À la condition de ne pas la confondre avec un aspect violent et théâtral, que le hasard lui donnerait. La mort est une disparition, c'est une suppression si parfaite qu'au sommet le plein silence en est la vérité, tant qu'il est impossible d'en parler. Ici, le silence que j'appelle, évidemment, n'est approché que du dehors, de loin.

Je l'ajoute, si maintenant je mourais, bien entendu d'intolérables souffrances seraient elles-mêmes au compte de ma vie. Mes souffrances, qui rendraient, à la rigueur, ma mort plus pénible à des survivants, ne changeraient pas la suppression dont je serais l'objet.

De cette manière, j'en viens à la fin du langage qu'est la mort. En puissance, il s'agit encore d'un langage, mais dont le sens — déjà l'absence de sens — est donné dans les mots qui mettent fin au langage. Ces mots n'ont de sens, du moins, que dans la mesure où ils précèdent immédiatement le silence (le silence qui met fin) : ils n'auraient de sens plein qu'oubliés, tombant décidément, subitement, dans l'oubli.

Mais je reste, nous restons — quoi qu'il en soit — dans le domaine où seule la limite du silence est accessible. Le silence équivoque de l'extase est lui-même à la rigueur inaccessible. Ou — comme la mort — accessible un instant.

Laisserai-je ma pensée lentement — sournoisement, et trichant le moins que je puis — se confondre avec le silence[1] ?

---

1. Non. Pas encore! Resterait à rapprocher ma pensée de celle des autres! De tous les autres? C'est possible : j'en arrive à l'issue *préalable* : ne pouvons-nous, à la fin, composer dans leur ensemble les possibilités de la pensée (comme, à peu près, Hegel le fit, qui, peut-être, en un sens, est mort noyé...) ?

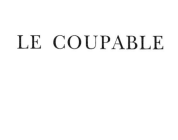

LE COUPABLE

... dans un bol de gin
une nuit de fête
les étoiles tombent du ciel

je lampe la foudre à longs traits
je vais rire aux éclats
la foudre dans le cœur...

L'Amitié

I

LA NUIT

T~~a date à~~ laquelle je commence d'écrire (5 sep-
n'est pas une coïncidence. Je commence
événements, mais ce n'est pas pour en
ces notes incapable d'autre chose. Il me
· aller, désormais, à des mouvements de
rice. Soudain, le moment est venu pour
sans détour.

ossible de lire. Du moins la plupart des
ai pas le désir. Un excès de travail me
les nerfs brisés. Je m'enivre souvent. Je
à la vie si je bois et mange ce qui me
st toujours l'enchantement, le festin, la
ressant, inintelligible, enrichi néanmoins
dont je joue. Le sentiment de la chance
d'être en face d'un sort difficile. Il ne
e chance si ce n'était une incontestable

J'ai commencé de lire, debout dans un train bondé,
le *Livre des visions* d'Angèle de Foligno.

Je recopie, ne sachant dire à quel point j'ai brûlé : le
voile ici se déchire, je sors de la brume où se débat mon

impuissance. Le Saint-Esprit parle à la sainte : « Je vais
te parler pendant toute la route ; ma parole sera inin-
terrompue et je te défie d'en écouter une autre, car je
t'ai liée et je ne te lâcherai pas que tu ne sois revenue
ici une seconde fois et je ne te lâcherai alors que relativement à cette joie d'aujourd'hui ; mais quant au
reste, jamais, jamais, si tu m'aimes. » Ce qui suit
exprime un amour si brûlant qu'un supplice semble le
bois qu'il faut à ce brasier. Je vis comme un porc aux
yeux des chrétiens sans m'arrêter à cette idée risible ; ce
dont je suis en quelque sorte altéré, c'est de brûler : je
souffre de ne pas brûler à mon tour au point de
m'approcher de la mort si près que je la respire comme
le souffle d'un être aimé.

Tout a lieu dans une pénombre ardente, subtilement
privée de sens. Le mal auquel la terre est en proie me
semble insaisissable : quelque chose de silencieux, de
fuyant, qui exaspère et exalte.

Temps sournois, au bruit feutré des sirènes (dans la
petite vallée de F..., avec, à l'horizon, la forêt, le ciel
brumeux : bizarre lamentation d'usine au milieu de
grands arbres et de vieilles maisons). Un cauchemar est
ma vérité, ma nudité. La trame logique qu'on y introduit me fait rire. Je m'ensevelis volontiers dans les
draps de brume d'une réalité indécise, au sein de ce
nouveau monde auquel j'appartiens. Ce qu'un brouillard aussi sale a d'intolérable (à crier)... Je demeure
seul, noyé par une marée montante : hilarité aussi
douce, aussi amie d'elle-même que le mouvement de la
mer. Je me couche dans l'immense lumière de ma nuit,
dans mon ivresse froide, dans mon angoisse ; je supporte à la condition de tout savoir vain. Personne ne

prend la guerre aussi follement : je suis *seul* à le pouvoir ; d'autres n'aiment pas la vie avec une ivresse assez suppliciante, ne peuvent se reconnaître dans les ténèbres d'un mauvais rêve. Ils ignorent les chemins de somnambule qui vont d'un rire heureux à l'excitation sans issue.

Je ne parlerai pas de guerre, mais d'expérience mystique. Je ne suis pas indifférent à la guerre. Je donnerais volontiers mon sang, mes fatigues, qui plus est, ces moments de sauvagerie auxquels nous accédons au voisinage de la mort... Mais comment oublierais-je un instant mon ignorance et que je suis perdu dans un couloir de cave ? Ce monde, une planète et le ciel étoilé ne sont pour moi qu'une tombe (où je ne sais si j'étouffe, si je pleure ou si je me change en une sorte d'inintelligible soleil). Une guerre ne peut éclairer une nuit si parfaite.

Le désir d'un corps de femme tendre et très nu (parfumé, orné de parures perverses) : dans un désir si douloureux, je comprends le moins mal ce que je suis. Une sorte d'obscurité hallucinante me fait lentement perdre la tête, me communique une torsion de tout l'être tendu vers l'impossible. Vers on ne sait quelle explosion chaude, fleurie, mortelle... par où j'échappe à l'illusion de rapports solides entre le monde et moi. Une maison close est ma véritable église, la seule assez inapaisante. Je puis chercher avec avidité comment les saints brûlèrent, mais leur « requiescat » est ce que ma légèreté maudit. J'ai connu le repos extatique, illuminé, mais dussé-je être chassé du royaume entrevu, s'il me donnait la stabilité, je ne pourrais que le maudire.

L'expérience mystique diffère de l'érotique en ce qu'elle réussit pleinement. L'excès érotique aboutit à la dépression, à l'écœurement, à l'impossibilité de persévérer, et le désir inassouvi parfait la souffrance. L'érotisme excède les forces humaines. Ce que Juenger a dit de la guerre, le réveil sous la table au milieu des débris, est à l'avance donné dans le tourment, sans apaisement imaginable, en jeu dans toute orgie.

L'orgie à laquelle j'assistai (je participai) cette nuit était de la nature la plus vulgaire. Cependant ma simplicité me met vite au niveau du pire. Je demeure silencieux, tendre, non hostile, au milieu des cris, des braillements, des chutes de corps. À mes yeux, le spectacle en est terrible (mais plus terribles encore les raisons, les moyens par lesquels d'autres se maintiennent à l'abri de cette horreur, à l'abri de besoins n'ayant d'autre issue qu'elle).

Pas de réprobation, pas de honte. L'érotisme, l'étalage de femmes aux seins lourds, la bouche criante, qui en est l'horizon, me sont d'autant plus désirables qu'ils écartent tout espoir. Il n'en est pas de même du mysticisme dont l'horizon est promesse de lumière. Je le supporte mal et reviens vite au vomi érotique, à son insolence, qui ne ménage rien ni personne. Il m'est doux d'entrer dans la nuit sale et de m'y enfermer fièrement. La fille avec laquelle je suis monté avait une simplicité d'enfant, presque silencieuse. Celle qui s'abattit violemment, du haut d'une table par terre, était d'une douceur effacée : douceur désespérante devant mes yeux ivres d'indifférent.

Un dieu ne s'occupe pas de la nature des choses comme un homme de la politique, et, pour un dieu, la guerre ou la prostitution ne sont que la nature des choses, qui ne peut être bonne ni mauvaise, mais seulement divine.

Les dieux rient des raisons qui les animent, tant elles sont profondes, inexprimables dans la langue des autres.

La divinité (au sens de divin, non de Dieu, servile créateur et médecin de l'homme), la force, le pouvoir, l'ivresse et le ravissement hors de moi, la joie de n'être plus, de « mourir de ne pas mourir », toute ma vie, le mouvement de femme fiévreuse de mon cœur : un autre aspect, sécheresse, soif impossible à désaltérer, en même temps froideur à toute épreuve.

J'ai espéré la déchirure du ciel (le moment où l'ordonnance intelligible des objets connus — et cependant étrangers — cède la place à une présence qui n'est plus intelligible que pour le cœur). Je l'ai espéré, mais le ciel ne s'est pas ouvert. Il y a quelque chose d'insoluble dans cette attente de bête de proie blottie et rongée par la faim. L'absurdité : « Est-ce Dieu que j'aimerais déchirer ? » Comme si j'étais une véritable bête de proie, mais je suis plus malade encore. Car je ris de ma propre faim, je ne veux rien manger, je devrais plutôt être mangé. L'amour me ronge à vif : il n'est plus d'autre *issue* qu'une mort rapide. Ce que j'attends est une réponse dans l'obscurité où je suis. Peut-être, faute d'être broyé, je demeurerais le déchet oublié ! Aucune réponse à cette agitation épuisante :

tout reste vide. Tandis que si..., mais je n'ai pas de Dieu à supplier.

Le plus simplement que je puis, je demande à celui qui se représente ma vie comme une maladie dont Dieu serait le seul remède de se taire un seul instant et, s'il rencontre alors un véritable silence, de ne pas craindre de reculer. Car il n'a pas vu ce dont il parle. Tandis que j'ai regardé, moi, cet *inintelligible*[1] face à face : à ce moment, j'étais embrasé d'un amour si grand que je n'imagine rien de plus. Je vis lent, *heureux*, je ne pourrais cesser de rire : je ne suis pas chargé du fardeau, de la servitude apaisante, qui commencent dès qu'on vient à parler d'un Dieu. Ce monde des vivants est placé devant la vision déchirante de l'*inintelligible* (pénétrée, transfigurée par la mort, mais glorieuse), en même temps la perspective ordonnée de la théologie s'offre à lui pour le séduire. S'il aperçoit son abandon, sa vanité désarmée entre une absence de solution et la solution plate de l'énigme qu'il est lui-même, rien ne demeure en lui que blessé.

Car s'il existe en dernier lieu quelque immuable satisfaction, pourquoi suis-je rejeté ? Mais je *sais* que la satisfaction ne satisfait pas, et que la gloire de l'homme tient à la conscience qu'il a de ne rien connaître au-dessus de la gloire et de l'insatisfaction. Quelque jour, j'achèverai d'être tragique, je mourrai : c'est seulement ce jour-là, parce qu'à l'avance je me suis placé dans sa

---

1. Par « cet *inintelligible* », j'entends non Dieu, mais ce que nous éprouvons lorsque, à la suite de ceux qui se servirent du mot et des croyances qui lui sont liées, nous nous trouvons dans le désarroi qui décide le recours à la mère d'un petit enfant. Dans la solitude *réelle*, seul un *illusoire* répond au croyant, mais au non-croyant *l'inintelligible* (*Note* de 1960).

lumière, qui donne sa signification à ce que je suis. Je n'ai pas d'autre espoir. La joie, l'amour, la liberté détendue se lient en moi à la haine de la satisfaction.

Il me semble avoir un crabe dans la tête, un crabe, un crapaud, une horreur qu'à tout prix je devrais vomir.

Boire, me débaucher, ou me battre seraient les seules issues qui me restent au moment de cette obscure impossibilité. Tout se contracte au fond de moi-même : il faudrait supporter l'horreur, l'endurer sans succomber au vertige.

Je sais ce qu'il en est de mon absence de bonne volonté. Personne n'est moins que moi décidé à sortir de l'absence d'issue. J'ai toujours eu soin de m'enfermer à l'abri de tout possible. Risquant d'accéder au jour, le sommeil alourdissait mon élan. Cette limite joue si je veux agir ; elle joue si je tente de forcer les secrets du domaine intérieur. De temps à autre, une passion décisive, une irruption accidentelle : la torpeur suit, une immobilité de sphinx, sourd à tout ce qui se propose de résoudre, les yeux vides, absorbé dans sa propre énigme. Je n'ignore plus que cette alternance me paralyse, mais j'en aime la sagesse animale, plus capricieuse et plus sûre de soi qu'une autre.

En proie à cette paralysie, j'ordonne lentement mon être à travers la terre et le ciel. Je suis « l'arbre enfonçant ses racines dans la terre » : autant de solidité que de lenteur. Il est des heures où je subis la nécessité de sentir en moi cette obscure croissance, liant, accumulant des forces. La puissance plus grande est compensée par un sentiment de fragilité accrue.

J'ai voulu m'en prendre à moi-même. Assis au bord
d'un lit, en face de la fenêtre et de la nuit, je me suis
exercé, acharné à devenir moi-même *un combat*. La
fureur de sacrifier, la fureur du sacrifice s'opposaient
en moi comme les dents de deux rouages, si elles
s'agrippent au moment où l'arbre de force entre en
mouvement.

Ce qu'on appelle *substance* n'est qu'un état d'équilibre provisoire entre le rayonnement (la perte) et
l'accumulation de la force. Jamais la *stabilité* ne dépasse
cet équilibre relatif, peu durable : il me semble que
jamais elle n'est statique. La vie se lie elle-même à ces
états d'équilibre, mais l'équilibre relatif signifie seulement qu'elle est possible ; la vie n'en est pas moins
accumulation et perte de force, constante compromis-
sion de l'équilibre sans lequel elle ne serait pas. Il ne
peut donc y avoir de substance isolable, et seul l'univers
pourrait posséder ce qu'on appelle la substance, mais
nous nous apercevons que la substance veut l'unité,
que l'unité veut ce système de concentration-éclate-
ment, qui exclut la durée. Ce qui appartient à l'univers
apparaît ainsi d'une autre nature que la substance, la
substance n'étant que la qualité précaire dont l'apparence se lie aux êtres particuliers. L'univers n'est pas
plus réductible à cette paresseuse notion de substance
qu'à des éclats de rire, à des baisers. Éclats de rire, baisers, n'engendrent pas de notion, ménagent des
atteintes plus vraies de « ce qui est » que les idées nécessaires à rendre les objets maniables ; rien de plus
risible : réduire « ce qui est » — si l'on veut, l'univers —
à l'analogue d'un objet utile ! Rire, aimer, même pleurer de rage et de mon impuissance à connaître sont des

moyens de connaissance qui ne doivent pas être mis sur le plan de l'intelligence, qui composent à la rigueur avec l'intelligence au point même où l'intelligence assimile le rire, l'amour ou les larmes aux autres modes d'action et de réaction des objets entre eux. Ces modes apparaissent d'abord dans l'intelligence comme des aspects subordonnés du réel, mais les rires ou les autres émotions improductives n'en ont pas moins le pouvoir de réduire l'intelligence à l'infirmité. L'intelligence prend conscience de sa misère, mais nous ne pouvons d'aucune façon confondre deux expériences de l'univers irréductibles l'une à l'autre. La confusion et la subordination de l'intelligence permettent seules de parler de Dieu. Dieu-esclave demande mon esclavage au second degré dans l'établissement de chaînes sans fin. Rire de l'univers libérait ma vie. J'échappe à la pesanteur en riant. Je me refuse à la traduction intellectuelle de ce rire : l'esclavage recommencerait à partir de là.

Il est nécessaire d'aller au-delà.

« Au lieu où j'étais, je cherchais l'amour et ne le trouvais plus. Je perdis même celui que j'avais traîné jusqu'à ce moment et je fus faite le non-amour » (*Livres des visions*, XXVI, trad. Hello).

Angèle de Foligno parlant de Dieu parle en esclave. Ce qu'elle exprima, toutefois, peut m'atteindre et jusqu'au tremblement. Je balbutie. Je ressens ce que dit la sainte comme un autre balbutiement. Je ne m'arrête pas à ce qui peut être le reflet d'états de choses dont le temps a disposé, d'enchaînements déchaînés aujourd'hui (refermés d'une autre façon).

Elle poursuit :

« ... Quand Dieu paraît dans la ténèbre, ni rire, ni

ardeur, ni dévotion, ni amour, rien sur la face, rien dans le cœur, pas un tremblement, pas un mouvement. Le corps ne voit rien, les yeux de l'âme sont ouverts. Le corps repose et dort, la langue coupée et immobile : toutes les amitiés que Dieu m'a faites, nombreuses et inénarrables, et ses douceurs, et ses dons, et ses paroles et ses actions, tout cela est petit à côté de Celui que je vois dans l'immense ténèbre... »

Aucune limite à partir d'un rire assez violent.

Ces notes me lient comme un fil d'Ariane à mes semblables et le reste me paraît vain. Je ne pourrais cependant les faire lire à aucun de mes amis. Par là, j'ai l'impression d'écrire à l'intérieur de la tombe. Je voudrais qu'on les publie quand je serai mort, mais il se peut que je vive assez longtemps, que la publication ait lieu de mon vivant. Je souffre à cette idée. Je puis changer, mais j'éprouve en attendant de l'angoisse[1].

Je n'imagine rien de plus riant, de plus naïf que ma conversation avec deux « filles de joie » : elles étaient nues, comme des louves, dans une forêt de glaces et de lumières de couleur. Les morales me rendent naïvement « sauvage ».

1. Je devais en fait donner des fragments de ce texte à la revue *Mesures,* au début de 1940 (sous le pseudonyme de Dianus). Au retour de l'exode, je sus que les exemplaires de *Mesures* se trouvaient en gare d'Abbeville pendant la bataille du Nord et, comme cette ville avait été très bombardée, je pensais que toute chance de publication était éloignée pour longtemps. Mais le numéro de *Mesures* était intact. En 1943, *L'expérience intérieure* fut publiée. La première édition du *Coupable* devait paraître au début de 1944, en février (*Note* de 1960).

II

LE « DÉSIR SATISFAIT »

« En une épouse je désirerais
Ce qu'on trouve toujours dans les filles de joie :
Les marques du désir satisfait[1]. »
J'écris heureux de l'occasion qui m'a permis de
m'assouvir. De nouveau, j'imagine accès et vie possible.
Aucun parti pris.

Dans une sérénité aiguë, devant le ciel étoilé et noir,
devant la colline et les arbres noirs, j'ai retrouvé ce qui
fait de mon cœur une braise couverte de cendre, mais
brûlante intérieurement : le sentiment d'une présence
irréductible à quelque notion que ce soit, cette sorte de
silence de foudre qu'introduit l'extase. Je deviens fuite
immense hors de moi, comme si ma vie s'écoulait en
fleuves lents à travers l'encre du ciel. Je ne suis plus
alors moi-même, mais ce qui est issu de moi atteint et
enferme dans son étreinte une présence sans bornes,
elle-même semblable à la perte de moi-même : ce qui
n'est plus ni moi ni l'autre, mais un baiser profond
dans lequel se perdraient les limites des lèvres se lie à
cette extase, aussi obscur, aussi peu étranger à l'univers
que le cours de la terre à travers la perte du ciel.

1. William Blake.

À ce moment peut commencer le Sacrifice. À ce moment recommencent l'Insatisfaction, la Colère et la Fierté. Dans le silence, un oiseau noir aux ailes malaisées, chargé de haine jusque pour soi, avide de supprimer ce qui s'appelle encore Tendresse, Amour. l'extase a cessé d'être tolérable et seule subsiste une virilité vide. . . . . Je me retrouve solitaire : à la fin, le jardin s'étend devant moi construit en profondeur, comme l'architecture d'un vaste monument funéraire, ouvert sous mes pieds ; si sombre, si profond, qu'il semble un abîme.

Ma description est incertaine et peut-être inintelligible. J'imagine un homme à l'article de la mort, voulant par quelque signe, une dernière fois, témoigner de sa vie. Le signe indique qu'une chose a lieu, mais quoi ? Cependant, je le crois, l'on pourrait me suivre, éprouver ma fidélité (plus entière dans la première partie que dans la seconde).

Dans un chaos à tuer des bœufs. Ma tête solide de paysan résiste. Les coups de massue de l'alcool ne marquent plus en moi qu'un « désir satisfait ». Il est difficile d'apercevoir, dans le désordre de ces pages, l'incohérence médiocre d'une vie. Si une vertu subsiste en moi, je l'épuise à venir à bout de la vulgarité des circonstances, à devenir insaisissable, à me dégager sans mot dire de ce qui semblait m'enfermer.

Je passe volontiers — s'il le faut par un détour — devant l'église de la Madeleine : j'entrevois l'Obélisque entre les colonnades des palais Gabriel, au-dessus du Palais-Bourbon, apparaissant son aiguille au dôme doré

des Invalides. Le décor représente à mes yeux la tragédie qu'un peuple y joua : la royauté, clé de cette ordonnance monumentale, abattue dans le sang — sous les
huées d'une foule mauvaise — puis renaissant, dans un
silence de pierre, discrète, impénétrable à l'inattention
des passants. Je ne puis penser sans alacrité à l'« âme du
monde » ensevelie, glorifiée dans l'architecture des
Invalides. J'échappe sans peine à l'envoûtement qui
noue des esprits plus faciles, mais la grandeur de l'édifice hégélien, doublement affaissé, trouve en moi de
lointains retentissements. Gloires, désastres, silences
composent un insaisissable mystère, du fond duquel
l'Obélisque a surgi. Je suis passé deux fois depuis la
guerre au pied du monolithe, que je n'ai jamais vu dans
cette obscurité. Faute de l'avoir approché dans la nuit
actuelle, l'extrême majesté en échappe. De la base,
j'apercevais le bloc de granit perdu dans la profondeur
du ciel : il y découpait ses arêtes à même le scintille-
ment des étoiles. Dans la nuit, la pierre levée avait la
majesté des montagnes : elle était comme la mort et les
sables silencieuse, belle comme les ténèbres et fêlée
comme un roulement de tambour.

Je veux décrire une expérience mystique et ne m'en
écarte qu'en apparence, mais qui discernerait une voie
dans le chaos que j'introduis ?

Un corps nu, exhibé, peut être vu avec indifférence.
De même il est facile de regarder le ciel au-dessus de
soi comme un vide. Un corps exhibé, toutefois, possède
à mes yeux le même pouvoir que dans le jeu sexuel, et
je puis ouvrir dans l'étendue claire ou sombre du ciel la
blessure à laquelle j'adhère comme à la nudité féminine. L'extase cérébrale éprouvée par un homme

embrassant une femme a pour objet la fraîcheur de la nudité ; dans l'espace vide, dans la profondeur ouverte de l'univers, l'étrangeté de ma méditation atteint de même un objet qui me délivre.

J'ai décrit ce que j'éprouvais ce soir, méditant devant un nuage noir dont la dislocation me semblait « acroba-tique » — distorsion de membres enchevêtrés.

Je ne confonds pas mes débauches et ma vie mys-tique. La description du tantrisme dans l'ouvrage d'Eliade a laissé en moi un sentiment d'aversion. Je m'en tiens de part et d'autre à des emportements sans mélange. Des essais de compromis, d'ailleurs éloignés des langueurs calculées du tantrisme, n'ont fait que m'éloigner des possibilités de ce genre. Je les rapporte-rai — plus loin — voulant témoigner de l'état sauvage auquel se lie mon expérience.

Aimer à crier, abîmé dans la profondeur fêlée, fulgu-rante : il n'importe plus de savoir *ce qui est* au fond de l'abîme. J'écris encore brûlé, je n'irai pas plus loin. Je ne pourrais rien ajouter. Je ne puis décrire l'incendie du ciel, ce qui est là, brusquement, d'aigu, de doux, de simple, d'intolérable, comme l'est l'agonie d'un enfant. J'ai peur en écrivant ces derniers mots, peur du silence vide *que je suis*, devant... Il faut de la fermeté pour endu-rer une lumière aussi vive et n'éprouver aucune vanité de l'intelligence, de la fermeté pour ne pas faiblir quand une seule vérité devient claire : que vouloir enfermer *ce qui est là* dans une catégorie intellectuelle est se réduire au défaut d'hilarité fière qu'a pour effet la foi en Dieu. Demeurer viril dans la lumière demande l'audace d'une folle ignorance : se laisser embraser,

criant de joie, attendre la mort — en raison d'une présence inconnue, inconnaissable; devenir soi-même
amour et lumière aveugle, atteindre une parfaite inintelligence de soleil.

Impossible d'accéder à cette inintelligence virile
avant d'avoir pénétré le secret du désir de la nudité.
Nous devons en premier lieu transgresser des interdits
dont le respect fermé se lie à la transcendance divine, à
l'humiliation infinie de l'homme.

Jamais la vaste épave humaine ne cesse de dériver le
long d'un fleuve sourd au bruit de nos discours : soudain, elle entre dans un bruit de cataracte...

La dure et lumineuse nudité des fesses, indéniable
vérité de falaises au creux de la mer et du ciel. L'entre-
deux guerres est le temps où le mensonge n'était pas
moins nécessaire à la vie que l'alcool. L'absence de
solution n'est pas exprimable.

III

L'ANGE

L'érotisme est cruel, il mène à la misère, il exige de ruineuses dépenses. Il est trop onéreux pour être au surplus lié à l'ascèse. En contrepartie, les états mystiques, extatiques, qui n'entraînent pas de ruine matérielle ou morale, ne se passent pas de sévices exercés contre soi-même. L'expérience que j'ai de l'un et des autres rend claires à mes yeux ces conséquences contraires de deux sortes d'excès. Pour renoncer à mes habitudes érotiques, je devrais inventer un nouveau moyen de me crucifier : il ne devrait pas être moins enivrant que l'alcool.

La représentation d'un visage ascétique, les yeux brûlés, les os saillants m'oppresse songeant à moi-même. Mon père aveugle, des orbites creuses, un long nez d'oiseau maigre, des cris de souffrance, de longs rires silencieux : j'aimerais lui ressembler ! Je ne puis me passer d'interroger les ténèbres et je tremble d'avoir eu sous les yeux, dans tout le temps de mon enfance, cet ascète involontaire, angoissant !

Rencontrant le destin qu'il ne peut éluder, un homme a tout d'abord un mouvement de recul : sor-

tant de la débauche et de l'extase, j'ai trouvé le chemin
de l'austérité. Ce matin, la simple pensée de l'ascèse
me rendait la vie : je n'imaginais rien de plus désirable. Je ne puis me représenter maintenant la même
image sans dégoût. Je me refuse à devenir hostile,
les yeux caves, amaigri. S'il est vrai que ce soit mon
destin, je ne peux le fuir, je ne peux néanmoins le supporter.

Je me propose une première forme d'ascèse : une
entière simplicité. L'extrême mobilité, l'alternance
d'exaltations et de dépressions, vident l'existence de
contenu : rien de pire qu'un excès d'ardentes velléi-
tés. J'imagine à la fin la pauvreté comme une guérison.

Je note une image décrivant (assez mal) une vision
extatique : « Un ange apparaît dans le ciel : ce n'est
qu'un point brillant, ayant l'épaisseur et l'opacité de
la nuit. Il a la beauté d'une lumière intérieure, mais,
dans un vacillement insaisissable, l'ange élève une
épée de cristal qui se brise. »

Cet ange est le « mouvement des mondes », mais je
ne puis l'aimer comme un être analogue aux autres. Il
est la blessure, ou la fêlure, qui, dissimulée, fait d'un
être « un cristal qui se brise ». Mais bien que je ne
puisse l'aimer comme un ange, ni comme une entité
distincte, ce que j'en ai saisi libère en moi le mouvement qui me donne le désir de mourir et le besoin de
n'être plus.

Il est avilissant de réduire la volupté du chagrin,
d'autant plus voluptueuse que le chagrin fait mal, à la

vulgarité d'un thème littéraire. Quand la volupté a les yeux de l'ascèse, quand le tourment ronge naïvement, ce qui est en cause se situe dans le ciel, dans la nuit, dans le froid, non dans l'histoire des lettres.

« Dieu, dit Angèle de Foligno (ch. 55), a donné à son Fils, qu'il aimait, une pauvreté telle qu'il n'a jamais eu et n'aura jamais un pauvre égal à lui. Et cependant il a l'Être pour propriété. Il possède la substance, et elle est tellement à lui que cette appartenance est au-dessus de la parole humaine. Et cependant Dieu l'a fait pauvre, comme si la substance n'eût pas été à lui. »

Il ne s'agit que des vertus chrétiennes : la pauvreté, l'humilité. Que la substance immuable ne soit pas, même pour Dieu, la souveraine satisfaction, que le dépouillement et la mort soient l'au-delà nécessaire à la gloire de Celui *qui est* l'éternelle béatitude — aussi bien qu'à celle de quiconque possède à sa façon l'illusoire attribut de la substance —, une vérité aussi ruineuse ne pouvait être accessible nue pour la sainte. Et pourtant : à partir d'une vision extatique, elle ne peut être évitée.

La misère du christianisme est la volonté de fuir, dans l'ascèse, un état où la fragilité, la non-substance, est douloureuse. Il lui faut néanmoins *sacrifier* la substance — qu'il assure avec tant de mal.

Il n'est pas d'être sans fêlure, mais nous allons de la fêlure subie, de la déchéance, à la gloire (à la fêlure aimée).

Le christianisme atteint la gloire en fuyant ce qui est (humainement) glorieux. Il doit se figurer d'abord la mise à l'abri de ce qui, face à la fragilité des choses de ce monde, est substantiel : le sacrifice de Dieu devient alors possible et sa nécessité joue aussitôt. Ainsi compris, le christianisme est l'expression adéquate de la condition humaine : l'homme n'accède à la gloire du sacrifice que débarrassé du malaise où le laissait l'instabilité. Mais il est au niveau de ceux qui faiblissent vite — qui ne peuvent supporter une ivresse sans lendemain (celle de l'érotisme, de la fête). Le point où nous lâchons le christianisme est l'exubérance. Angèle de Foligno l'atteignit et le décrivit, mais sans le savoir.

Il y a l'univers, et au milieu de sa nuit, l'homme en découvre des parties, se découvre lui-même. Mais il s'agit toujours d'une découverte inachevée. Lorsqu'il meurt, un homme laisse après lui des survivants condamnés à ruiner ce qu'il crut, à profaner ce qu'il vénéra. J'apprends que l'univers est tel, mais, à coup sûr, ceux qui me suivront verront mon erreur. La science humaine devrait se fonder sur son achèvement; étant inachevée, elle n'est pas *science*, elle n'est que le produit inévitable et vertigineux de la volonté de science.

C'est la grandeur de Hegel d'avoir fait dépendre la science de son achèvement (comme s'il pouvait y avoir une connaissance digne de ce nom tant qu'on l'élabore !), mais de l'édifice qu'il aurait voulu laisser ne subsiste qu'un graphique de la part de construction antérieure à son temps (graphique qu'on n'avait pas établi avant lui, qu'on n'a pas établi depuis). Nécessairement, le graphique qu'est la *Phénoménologie de l'Esprit* n'est malgré tout qu'un commencement, c'est l'échec définitif : le seul achèvement possible de la

connaissance a lieu si je dis de l'existence humaine
qu'elle est un commencement qui ne sera jamais
achevé. Quand cette existence atteindrait sa possibilité
extrême, elle ne pourrait trouver la satisfaction, tout
au moins celle des exigences vivant en nous. Elle pourrait définir ces exigences comme fausses au jugement
d'une vérité qui lui appartiendra dans une position de
demi-sommeil. Mais, selon sa propre règle, cette vérité
ne peut être telle qu'à une condition, que je meure,
avec moi ce que l'homme a d'inachevé. Et ma souffrance éliminée, l'inachevé des choses cessant de ruiner
notre suffisance, la vie s'éloignerait de l'homme ; avec
la vie, sa vérité lointaine et inévitable, qu'inachèvement, mort et désir inapaisable sont à l'être la blessure
jamais fermée, sans laquelle l'inertie — la mort absor-
bant dans la mort, et ne changeant plus rien — l'enfer-
merait.

À l'extrémité de la réflexion, il apparaît que les données de science valent dans la mesure où elles rendent
impossible une image définitive de l'univers. La ruine
que la science a faite, continue de faire, des concep-
tions arrêtées, constitue sa grandeur et plus précisément que sa grandeur sa vérité. Son mouvement
dégage d'une obscurité pleine d'apparitions illusoires
une image dépouillée de l'existence : un être acharné à
connaître et devant la possibilité de connaître qui lui
échappe, demeure à la fin, dans son ignorance savante,
comme un résultat inattendu de l'opération. La question posée était celle de l'être et de la substance, et ce
qui m'apparaît avec vivacité (qui fait, à l'instant où
j'écris, que le « fond des mondes » s'ouvre devant moi,
qu'il n'est plus en moi de différence entre la connaissance et la « perte de connaissance » extatique), ce qui

m'apparaît est que, là où la connaissance a cherché l'être, elle a trouvé l'inachevé. Il y a identité de l'objet et du sujet (l'objet connu, le sujet qui connaît) si la science inachevée, inachevable, admet que l'objet, lui-même inachevé, est inachevable. À partir de là se dissipe le malaise résultant de la nécessité ressentie par l'inachevé (l'homme) de trouver l'achevé (Dieu) ; l'ignorance de l'avenir (l'*Unwissenheit um die Zukunft*[1], que Nietzsche aimait) est l'état extrême de la connaissance, l'incident que figure l'homme est l'image adéquate (et par là même inadéquate) de l'inachèvement des mondes.

Dans la représentation de l'inachèvement, j'ai trouvé la coïncidence de la plénitude intellectuelle et d'une extase, ce que je n'avais pu atteindre jusque-là. Je me soucie peu d'arriver à mon tour à la position hégélienne : suppression de la différence entre l'objet — qui est connu — et le sujet — qui connaît (bien que cette position réponde à la difficulté fondamentale). De la pente vertigineuse que je monte, je vois maintenant la vérité fondée sur l'inachèvement (comme Hegel la fondait, lui, sur l'achèvement), mais il n'y a plus là d'un fondement que l'apparence ! J'ai renoncé à ce dont l'homme a soif. Je me trouve — glorieux — porté par un mouvement descriptible, si fort que rien ne l'arrête, et que rien ne pourrait l'arrêter. C'est là *ce qui a lieu*, qui ne peut être justifié, ni récusé, à partir de principes : ce n'est pas une position, mais un mouvement maintenant chaque opération possible dans ses limites. Ma conception est un anthropomorphisme déchiré. Je ne veux pas réduire, assimiler l'ensemble de

1. L'ignorance touchant l'avenir.

ce qui est à l'existence paralysée de servitudes, mais à la sauvage *impossibilité* que je suis, qui ne peut éviter ses limites, et ne peut non plus s'y tenir. L'*Unwissenheit*, l'ignorance aimée, extatique, devient à ce moment l'expression d'une sagesse sans espoir. À l'extrémité de son développement, la pensée aspire à sa « mise à mort », précipitée, par un saut, dans la sphère du sacrifice et, de même qu'une émotion grandit jusqu'à l'instant déchiré du sanglot, sa plénitude la porte au point où siffle un vent qui l'abat, où sévit la contradiction définitive.

En toute réalité accessible, en chaque être, il faut chercher le lieu sacrificiel, la blessure. Un être n'est touché qu'au point où il succombe, une femme sous la robe, un dieu à la gorge de l'animal du sacrifice.

Celui qui, haïssant l'égoïste solitude, a tenté de se perdre dans l'extase a pris l'étendue du ciel « à la gorge » : car elle doit saigner et crier. Une femme dénudée ouvre un champ de délices (elle ne troublait pas décemment vêtue) : ainsi l'étendue vide se déchire et, déchirée, s'ouvre à celui qui se perd en elle de la même façon que le corps dans la nudité qui se donne à lui.

L'histoire est inachevée : quand ce livre sera lu, le plus petit écolier connaîtra l'issue de la guerre actuelle ; au moment où j'écris, rien ne peut me donner la science de l'écolier. Un temps de guerre révèle l'inachèvement de l'histoire au point qu'il est choquant de mourir quelques jours avant la fin (c'est, lisant un livre d'aventures, le lâcher à dix pages du dénouement). L'accord avec l'inachèvement de l'histoire — impliqué dans la mort — n'est que rarement accessible aux vivants. Nietzsche seul écrivit : « *Ich liebe die Unwissenheit um die Zukunft*[1]. » Mais le partisan aveugle meurt assuré du résultat qu'il désire.

La science est, comme l'histoire, inachevée : je mourrai sans réponse à des problèmes essentiels, à jamais ignorant de résultats qui changeront les perspectives humaines (qui changeraient les miennes comme ils changeront celles des survivants).

Les êtres sont inachevés l'un par rapport à l'autre, l'animal par rapport à l'homme, ce dernier par rapport à Dieu, qui n'est achevé que pour être imaginaire.

Un homme se sait inachevé, imagine aussitôt l'être achevé, l'imagine vrai. Il dispose à partir de là non seulement de l'achevé, mais, en contrecoup, de l'inachevé. L'inachevé tenait jusqu'alors à son impuissance, mais, disposant de l'achevé, l'excès de sa puissance libère en lui le désir de l'inachevé. À loisir, il peut devenir humble, pauvre, jouir en Dieu de son humilité, de sa pauvreté ; il imagine Dieu lui-même succombant au désir de l'inachèvement, au désir d'être un homme et pauvre, et de mourir dans un supplice.

La théologie maintient le principe d'un monde achevé, de tout temps, en tous lieux, et jusque dans la nuit du Golgotha. Il suffit que Dieu soit. Il faut tuer Dieu pour apercevoir le monde dans l'infirmité de l'inachèvement. Il s'impose alors à la pensée qu'à tout prix, il faudrait *achever* ce monde, mais l'impossible est là, l'inachevé : tout réel se brise, est fêlé, l'illusion d'un

---

1. J'aime l'ignorance de l'avenir.

fleuve immobile se dissipe, l'eau dormante écoulée, j'entends le bruit de la cataracte prochaine.

L'illusion de l'achèvement donnée — humainement — en la personne d'une femme habillée, à peine est-elle en partie dénudée : son animalité devient visible et sa vue délivre en moi mon propre inachèvement... Dans la mesure où les êtres semblent parfaits, ils demeurent isolés, refermés sur eux-mêmes. Mais la blessure de l'inachèvement les ouvre. Par ce qu'on peut nommer inachèvement, animale nudité, blessure, les divers êtres séparés *communiquent*, prennent vie en se perdant dans la *communication* de l'un à l'autre.

En état d'ivresse, me trouvant, il y a longtemps, sur le quai du métro Strasbourg-Saint-Denis, j'utilisai pour écrire le dos d'une photographie de femme dénudée. J'écrivis entre des non-sens : « Ne pas communiquer signifie exactement la nécessité sanglante de communiquer. » Hors de moi, je n'avais pas perdu conscience et souffrais en silence d'un intolérable besoin de crier, d'être nu. Sur tous les plans la même souffrance : le besoin de se perdre endolorit la vie entière, mais l'être échappe à l'achèvement dans ce besoin. L'insatisfaction inscrite dans l'agitation de l'histoire, le mouvement de la science ruinant toute possibilité de repos, l'image de Dieu sans autre issue que le supplice, la fille malade et, n'en pouvant plus, soulevant sa robe, sont autant de moyens de cette « communication ressentie comme la nudité », sans laquelle tout est vide.

IV

LE POINT D'EXTASE

Il y a plus d'un mois, j'ai commencé ce livre à la faveur d'un bouleversement qui venait tout mettre en cause et me libérait d'entreprises où je m'enlisais. La guerre éclatée, je devenais incapable d'attendre ; exactement : d'attendre une libération qu'est pour moi ce livre.

Le désordre est la condition de ce livre, il est illimité dans tous les sens. *J'aime* que mes humeurs, mes excès n'aient pas de but. Cependant une volonté se poursuit, se jouant de mon impatience, lointaine, indifférente aux dangers qui l'attirent. Au-delà de l'agitation, extérieur à l'ambition mesurable, est le désir que j'ai d'aller au bout d'un destin évident : ni moins évident, ni moins indéfinissable qu'un être aimé. J'aimerais mourir de ce destin.

J'ai voulu et trouvé l'extase. J'appelle mon destin le *désert* et ne crains pas d'imposer ce mystère aride. Ce *désert*, où j'ai accédé, je le désire accessible à d'autres, auquel il *manque* sans doute.

Aussi simplement que je puis, je parlerai des voies par lesquelles je trouvai l'extase, dans le désir que d'autres la trouvent de la même façon.

La vie est un effet de l'instabilité, du déséquilibre. Mais c'est la fixité des formes qui la rend possible. Allant d'un extrême à l'autre, d'un désir à l'autre, de l'affaissement à la tension exaltée, que le mouvement se précipite, il n'y a plus que ruine et vide. Nous devons limiter des parcours assez stables. Il n'est pas moins pusillanime de redouter la stabilité fondamentale que d'hésiter à la rompre. L'instabilité sans relâche est plus fade qu'une règle rigoureuse : nous ne pouvons déséquilibrer (sacrifier) que ce qui est. Déséquilibre, *sacrifice* sont d'autant plus grands que leur objet était en équilibre, qu'il était *achevé*. Ces principes s'opposent à la morale nécessairement niveleuse, ennemie de l'alternance. Ils ruinent la morale romantique du désordre autant que la morale contraire.

Le désir de l'extase ne peut refuser la méthode. Je ne puis tenir compte des objections habituelles.

Méthode signifie violence faite aux habitudes de relâchement.

Une méthode ne peut se communiquer par écrit. L'écrit donne la trace de chemins suivie : d'autres chemins demeurent possibles : la seule vérité générale est la montée, la tension inévitables.

Ni la rigueur ni l'artifice ne sont humiliants. La méthode est une nage à contre-courant. Le courant humilie : les moyens d'aller contre lui me sembleraient encore agréables s'ils étaient pires.

Les flux et les reflux de la méditation ressemblent aux mouvements qui animent la plante au moment où la fleur se forme. L'extase n'explique rien, ne justifie rien, n'éclaire rien. Elle n'est rien de plus que la fleur, n'étant pas moins inachevée, pas moins périssable. La seule issue : prendre une fleur et la regarder jusqu'à l'accord, en sorte qu'elle explique, éclaire et justifie, *étant* inachevée, *étant* périssable.

Le chemin traverse une région déserte : région toutefois d'apparitions (de délices ou d'effrois). Au-delà : le mouvement perdu d'un aveugle, les bras levés et les yeux grands ouverts, regardant fixement le soleil et lui-même, intérieurement, devenant lumière. Que l'on imagine un changement si vif, un embrasement si soudain que l'idée de substance semble vide : lieu, extériorité, image, autant de mots devenus vides ; les mots les moins déplacés — *fusion, lumière* — sont de nature insaisissable. Difficile de parler d'*amour*, mot brûlé, sans force, en raison même de *sujets* et d'*objets* qui l'enlisent communément dans leur impuissance.

Parler d'âme et de Dieu ? de l'amour unissant ces deux termes ? Une sorte fulgurante d'amour s'exprimerait par le moyen des deux termes en apparence les moins enlisés ? C'est alors, à la vérité, l'enlisement le plus profond.

Un train électrique entre dans la gare Saint-Lazare, à l'intérieur je suis assis contre la vitre. Je m'écarte de la faiblesse qui ne voit là qu'une insignifiance dans l'immensité de l'univers. Si l'on prête à l'univers une valeur de totalité achevée, c'est possible, mais s'il y a seulement *de* l'univers inachevé, chaque partie n'a pas moins de sens que l'ensemble. J'aurais honte de chercher dans l'extase une vérité qui, m'élevant au plan de l'univers achevé, retirerait le sens de « l'entrée d'un train en gare ».

L'extase est *communication* entre des termes (ces termes ne sont pas nécessairement définissables), et la communication possède une valeur que n'avaient pas les termes : elle les annihile — de même, la lumière d'une étoile annihile (lentement) l'étoile elle-même.

L'inachèvement, la blessure, la douleur nécessaire à la communication. L'achèvement en est le contraire.

La communication demande un défaut, une « faille » ; elle entre, comme la mort, par un défaut de la cuirasse. Elle demande une coïncidence de deux déchirures, en moi-même, en autrui.

Ce qui paraît sans « faille » et stable : un ensemble en apparence achevé (une maison, une personne, une rue, un paysage, un ciel). Mais la « faille », le défaut, peut survenir.

Un ensemble a besoin de l'esprit qui le considère : il n'est un que dans l'esprit. Et de même le défaut d'ensemble n'apparaît que dans l'esprit. L'« ensemble » et le « défaut d'ensemble » sont donnés l'un et l'autre à partir d'éléments subjectifs, mais le « défaut d'ensemble » est réel *profondément*. L'ensemble étant construction arbitraire, la perception du défaut revient à voir la construction arbitraire ; le « défaut d'ensemble » n'est réel que *profondément* puisqu'il est perçu par le moyen d'une imperfection de l'arbitraire ; l'imperfection se situe, comme la construction, dans l'irréel : elle ramène au réel.

Il y a :

des fragments mobiles, changeants : la réalité objective ;

un ensemble achevé : l'apparence, la subjectivité ;

un défaut d'ensemble : le changement situé sur le plan de l'apparence, mais révélant une réalité mobile, fragmentée, insaisissable.

Un homme, une femme, attirés l'un vers l'autre, se lient par la luxure. La communication qui les mêle tient à la nudité de leurs déchirures. Leur amour signifie qu'ils ne voient pas l'un en l'autre leur être, mais leur blessure, et le besoin d'être perdu : il n'est pas de désir plus grand que celui du blessé pour une autre blessure.

Un homme seul et blessé, se voulant perdu, se situe devant l'univers. S'il voit dans l'univers un ensemble achevé, le voici devant Dieu. Dieu est une mise ensemble — conforme à l'habitude humaine — de tout ce qui pourrait survenir. La déchirure de l'ensemble apparent est elle-même sur le plan de l'apparence : la mise en croix est la blessure par laquelle le croyant communique avec Dieu.

Nietzsche a figuré la « mort de Dieu » provoquant, plus loin, le retour à la « réalité mobile, fragmentée, insaisissable ».

Il faut mettre sur un même plan :

> *l'univers risible,*
> *une femme nue,*
> *un supplice.*

M'imaginant supplicié, je suis en transes.

La nudité me donne le besoin douloureux d'étreindre.

Mais l'univers me laisse indifférent, il ne me fait pas rire : c'est encore une notion vide.

L'extase, il est vrai, n'a pas l'univers pour objet. L'objet de l'extase n'est pas davantage une femme, ni un supplice. Une femme engage à se perdre en elle humainement. Le supplice effraye. L'extase ne peut avoir un objet parfaitement effrayant, ni trop humain.

Je reviens à l'univers risible : s'il est risible, il doit différer d'un univers dont l'idée ne me fait pas rire ; l'« univers risible » est, sans nul doute, une transposition : m'imaginant quelque élément risible, je l'ai transposé, maintenant dans mon esprit son aspect sensible, alors que, par la pensée, je nie en lui l'aspect particulier.

Même au début, je n'envisageais rien de particulier. J'envisageais sans précision n'importe quoi de risible. J'introduis maintenant une histoire (la dernière qu'on m'ait racontée) : un homme monté sur un banc peint une ampoule électrique en bleu, le pinceau n'atteint que difficilement l'ampoule ; un autre arrive et s'approchant lui dit avec le plus grand sérieux : « Accroche-toi au pinceau, je tire le banc. » J'aurais pu n'introduire aucune histoire, mais, dans ce cas particulier, « le changement se produit sur le plan de l'apparence ». L'esprit envisageait un ensemble cohérent, — auquel appartiennent l'ampoule, le pinceau, le peintre : un tel ensemble n'a de réalité que dans l'esprit, si bien que des mouvements de l'esprit suffisent à le mettre en défaut. Mais ce qui apparaît n'est pas le vide. Le rideau des apparences déchiré, un instant, à travers la déchirure, l'esprit aperçoit l'« univers risible ».

Le « changement sur le plan de l'apparence » était nécessaire au retour à la « réalité mobile, fragmentée, insaisissable ».

Entre une « femme », un « supplice » et l'« univers risible », il est une sorte d'identité : ils me donnent envie de me perdre. Encore est-ce une considération limitée. Ce qui compte est l'altération de l'ordre habituel, à la fin, l'impossibilité de l'indifférence...

Je reprendrai plus loin ce développement, que le sommeil interrompit (il conduit à des difficultés lassantes).

Je viens de regarder deux photographies de supplice. Ces images me sont devenues familières : l'une d'elles est néanmoins si horrible que le cœur m'a manqué.

J'ai dû m'arrêter d'écrire. J'ai été, comme, souvent, je le fais, m'asseoir devant la fenêtre ouverte : à peine assis, je suis tombé dans une sorte d'extase. Cette fois, je ne doutais plus, comme, douloureusement, je l'avais fait la veille, qu'un tel état ne fût plus intense que la volupté érotique. Je ne vois rien : *cela* n'est ni visible ni sensible. *Cela* rend triste et lourd de ne pas mourir. Si je me représente, dans l'angoisse, tout ce que j'ai aimé, je devrais supposer les réalités furtives auxquelles mon amour s'attachait comme autant de nuées derrière lesquelles se cachait *ce qui est là*. Les images de ravissement trahissent. *Ce qui est là* est entièrement à la mesure de l'effroi. L'effroi l'a fait venir : il fallut un fracas violent pour que *cela soit là.*

De nouveau cette fois, tout à coup, me rappelant *ce qui est là,* j'ai dû sangloter. Je me relève la tête vide, à force d'aimer, d'être *ravi.* Je vais dire comment j'ai accédé à une extase si intense. Sur le mur de l'apparence, j'ai projeté des images d'explosion, de déchirement. Tout d'abord, j'avais pu faire en moi le plus grand silence. Cela m'est devenu possible à peu près toutes les fois que j'ai voulu. Dans ce silence souvent fade, j'évoquai tous les déchirements imaginables. Des représentations obscènes, risibles, funèbres, se succédèrent. J'imaginai la profondeur d'un volcan, la guerre, ou ma propre mort. Je ne doutais plus que l'extase pût se passer de la représentation de Dieu. J'avais un dégoût espiègle à l'idée de moines ou de religieuses « renonçant au particulier pour le général ».

Le premier jour où le mur a cédé, je me trouvais la nuit dans une forêt. Une partie de la journée, j'avais éprouvé un violent désir sexuel, me refusant à chercher la satisfaction. J'avais décidé d'aller jusqu'au bout de ce désir en « méditant », sans horreur, les images auxquelles il se liait.

Des journées obscures se sont succédé. Quand les complicités de la fête font défaut, la joie demeure intolérable : une foule s'agitant vainement sans manger. J'aurais dû crier la magnificence de la vie : je ne le pouvais pas. L'excès de joie se changeait en excitation vide. J'aurais dû n'être qu'un millier de voix criant au ciel : les mouvements qui vont « de la nuit tragique à la gloire aveuglante du jour » abêtissent un homme assis

dans sa chambre : un peuple seul pourrait les supporter...

Ce qu'un peuple supporte et rend brûlant me laisse
écartelé. Je ne sais plus ce que je veux ; des excitations
harcelantes comme des mouches, tout aussi incertaines,
mais charbonnant intérieurement. Après des heurts,
des isolements, des retours, au moment de l'épuisement, le résultat ne peut être, semble-t-il, qu'un égarement — à la limite de l'impossible.

J'imagine un tel égarement inévitable. Cette soif sans
soif, ces larmes d'enfant au berceau, ne sachant ce qu'il
veut ni ce qu'il pleure, serviraient d'*ultima verba*, de dernière émission, à notre monde de soleils morts repus
de soleil vivant.

Nul n'entrerait dans cette sphère de petites soifs et
de petites larmes sans une absurdité de bébé ; sans cette
absurdité, ses paroles se décomposeraient dans le vide :
nul n'y entrerait vraiment parlant encore, se satisfaisant
de la sphère commune où chaque mot garde un sens. Il
se vanterait seulement, pensant, par un mensonge,
ajouter le *dernier mot* à ce qui est dit. Il ne verrait pas
que le *dernier mot* n'est plus un mot, que, si l'on dérange
tout, rien ne reste à *dire* : des bébés qui hurlent ne
peuvent créer de langage, ils n'en éprouvent pas le
besoin.

Ce que je sais et que je puis dire :
La soif sans soif veut l'excès de boisson, les larmes
veulent l'excès de joie. Et l'excès de boisson veut la soif
sans soif, l'excès de joie veut même l'impuissance à
pleurer dans le sentiment des larmes. Que mes excès
soient seuls à l'origine de la soif et des larmes, mes

excès du moins veulent cette soif et ces larmes. Si d'autres, criant la soif, pleurant, ou les yeux secs, veulent aussi *parler*, je ris d'eux un peu plus que des enfants : ils trichent, mais ne savent pas tricher. Si je crie moi-même, ou si je pleure, je n'ignore plus que ma joie se libère ainsi : de même, c'est encore le bruit du tonnerre si je n'entends plus qu'un roulement dans le lointain. Je ne manque pas de mémoire et je deviens presque un bébé, au lieu d'un philosophe vivant de sa tristesse ou d'un poète maudit (comme si je n'avais qu'une moitié ou un quart de mémoire). Bien plus : qu'une telle misère, une telle souffrance — muettes — soient la dernière *exhalaison* de ce que nous sommes, cela se trouve au fond de moi comme un secret — une connivence secrète avec la nature insaisissable, inintelligible, des choses. Vagissements de joie, rires puérils, épuisements précoces, de tout cela je suis fait, tout cela me livre nu au froid et aux coups du sort, mais, de tout mon cœur, *je veux* être livré, *je veux* être nu.

À mesure que l'inaccessible s'ouvre à moi, j'abandonne le premier doute : la peur d'une béatitude délicieuse et fade. À mesure que je contemple sans effort l'objet de mon extase, je puis dire de cet objet qu'il déchire : comme un fil de rasoir, il coupe et ce point crie, il aveugle. Ce n'est pas un point, puisqu'il envahit. La nudité provocante, la nudité acide est la flèche tirée vers lui.

Ce qui est « communiqué », de ce point à un être, d'un être à ce point, est une perte fulgurante.

Le besoin de se perdre est la vérité la plus intime, et la plus lointaine, vérité ardente, mouvementée, sans rien à voir avec la substance supposée.

La particularité est nécessaire à la perte et à sa fusion. Sans la particularité (en tel point de la planète, un train entre en gare, ou sinon quelque chose d'aussi vide), il n'y aurait rien de « délivré ». La différence entre le sacrifice (le sacré) et la substance divine — théologique — est facile à discerner. Le *sacré* est le contraire de la substance. Le péché mortel du christianisme est d'associer le sacré au « général créateur de particulier ». Rien n'est sacré qui n'ait été particulier (bien que cessant de l'être).

L'extase est différente du plaisir sexuel éprouvé, moins différente du plaisir donné.

Je ne donne rien, je suis illuminé d'une joie (impersonnelle) extérieure, que je devine, dont la présence me semble sûre. Je me consume de la deviner, comme je suis consumé par une femme que j'embrasse profondément : le « point criant » dont j'ai parlé est semblable au « point de plaisir » de l'être humain, sa représentation intime est semblable à celle du « point de plaisir » au moment de la convulsion.

Je voulais parler des « moyens d'extase » aussi clairement que je pouvais. J'y ai mal réussi, pourtant je l'aurais aimé.

La méthode de la méditation voisine de la technique du sacrifice. Le point d'extase est mis à nu si je brise intérieurement la particularité qui m'enferme en moi-même : de la même façon, le *sacré* se substitue à l'animal au moment où le prêtre le tue, le détruit.

Qu'une image de supplice me tombe sous les yeux, je puis, dans mon effroi, m'en détourner. Mais je suis, si je

la regarde, *hors de moi...* La vue, horrible, d'un supplice
ouvre la sphère où s'enfermait (se limitait) ma particularité personnelle, elle l'ouvre violemment, la
déchire.

Il ne s'ensuit pas qu'à travers la déchirure, j'accède à
l'au-delà que j'appelle, en termes vagues, « LE FOND DES
MONDES ».

Termes irrecevables, mais qui, vagues à l'excès,
doivent le rester : jamais ce caractère vague, en effet, ne
s'atténuera qu'à l'aide de précisions *négatives.*
En premier lieu :
« LE FOND DES MONDES » n'est pas Dieu. Définitivement, ce « FOND DES MONDES » entrevu, la possibilité de
stagnation immuable s'annule qu'annonçait un vocable
dérisoire... ;
en second lieu :
« LE FOND DES MONDES » n'oppose rien à ce mouvement vertigineux, catastrophique, emportant avec
nous dans l'abîme tout ce qui, d'une immensité profonde, effrayante, émerge — ou pourrait émerger — de
solide.
(La vision d'un « fond des mondes » est en vérité
celle d'une catastrophe généralisée, que jamais rien ne
limitera... La vision de « LA MORT DE DIEU » n'en diffère
pas qui, violemment, nous heurte au sommeil théologique, et qui répond seule, en définitive, à l'exigence la
plus honnête.)

L'homme est si bien à la mesure de la mort que, loin
de succomber à l'effroi, c'est la vision d'effroi qui le
délivre.

Au lieu de l'éviter, j'approfondis la déchirure. La vue d'un supplice me bouleversa, mais bien vite, je la supportai dans l'indifférence. J'évoque maintenant les innombrables supplices d'une multitude à l'agonie. À la longue (ou, peut-être, en une fois) l'immensité humaine promise à l'horreur sans limite...

Cruellement, j'étire la déchirure : à ce moment, j'atteins le point d'extase.

La *compassion*, la douleur et l'extase se composent.

Un homme a parfois le désir d'échapper aux objets utiles : d'échapper au travail, à la servitude du travail, que les objets utiles ont commandé. Ils ont ordonné dans le même mouvement la particularité fermée (la courte vue égoïste), et tout le terre à terre de la vie. Le travail a fondé l'humanité, mais, au sommet, l'humanité se délivre du travail.

Le moment vient de dérober une vie humaine à l'activité limitée, et d'opposer le lourd abandon du sommeil à la nécessité des mouvements mécaniques. Le moment vient d'arrêter dans l'esprit la fuite du discours, et de l'absorber dans ce vide avec tant de calme que les images et les mots qui surviennent apparaissent étrangers, sans attrait.

La simple *concentration* est fallacieuse, irritante. Elle s'oppose au mouvement naturel de la vie vers le dehors (d'habitude, il est vrai, ce mouvement avorte, il mène à des objets utiles). La torpeur voluptueuse où entre l'esprit est d'autant plus lassante qu'elle a dépendu d'artifices.

Il est bon d'observer une position du corps détendue, mais à la fois stable et « jaillissante ». Il est des opportunités personnelles, mais nous pouvons tout d'abord nous confier à quelques recours efficaces : respirer profondément, concentrer l'attention sur le souffle, comme sur le secret deviné de toute la vie ; au flux des images, afin de remédier à la fuite des idées du fait d'associations sans fin, nous pouvons proposer l'équivalence du lit immuable d'un fleuve à l'aide de phrases ou de mots obsédants. Ces procédés semblent inadmissibles ? Mais ceux qui les récusent tolèrent bien souvent davantage : ils sont aux ordres de mécanismes auxquels ces procédés peuvent mettre fin.

S'il est *haïssable* d'intervenir (il est parfois inévitable d'aimer ce qu'il serait agréable d'exécrer), le plus grave n'est pas la contrainte subie, mais le danger d'une séduction excessive. La première opération délivre et ensorcelle ; la délivrance écœure à la longue ; il est fade, il n'est pas viril de vivre ensorcelé.

Pendant quelques jours, la vie accède à l'obscurité vide. Il en résulte une merveilleuse détente : à l'esprit se révèle la puissance illimitée, l'univers à la disposition du désir, mais le trouble s'introduit vite.

Dans le premier mouvement, les préceptes traditionnels sont indiscutables, ils sont merveilleux. Je les tiens d'un de mes amis, qui les tenait de source orientale. Je n'ignore pas les pratiques chrétiennes : elles sont plus authentiquement dramatiques ; il leur manque un premier mouvement sans lequel nous restons subordonnés au discours.

De rares chrétiens sont sortis de la sphère du discours, parvenant à celle de l'extase : il faut supposer dans leur cas des dispositions qui rendirent l'expérience mystique inévitable, *en dépit de l'inclination discursive essentielle au christianisme.*

La suavité, la béatitude me rebutent. Je n'ai rien au-dessus de l'humeur sauvage.

V

LE COMPLICE

... une chance rare — ma chance — dans un monde devenant affreux me fait trembler.

Les circonstances de ma vie me paralysent.
Peut-être?
Mais j'ai la conviction d'apercevoir un jour, dans sa transparence, « tout ce qui est », morts et vivants. Au coucher du soleil, la nuit à demi tombée, le ciel brillant d'étoiles, mais barré des nuages longs, la colline... : au-delà — peut-être — s'étendent des espaces qui ne sont que des rêves ou des besoins d'espace. Je ne me soucie pas de les voir : mes rires me suffisent ou mes larmes, impossibles comme l'est ce monde. Mon espièglerie se joue au travers; et l'irréalité qui la supporte s'y contemple. Elle se contemplera différemment une autre fois.

Retour à la vie animale, étendu sur un lit, une carafe de vin rouge et deux verres. Jamais je ne vis sombrer, me semble-t-il, le soleil dans un ciel plus flamboyant, sang et or, sous d'innombrables nuages roses. Lentement, l'innocence, le caprice et cette sorte de splendeur écroulée m'exaltent.

La chance est un vin enivrant, mais elle est silencieuse : au comble de la joie, celui qui la *devine* en perd le souffle.

Je suis hanté par l'image du bourreau chinois de ma photographie, travaillant à couper la jambe de la victime au genou : la victime liée au poteau, les yeux révulsés, la tête en arrière, la grimace des lèvres laisse voir les dents.

La lame entrée dans la chair du genou : qui supportera qu'une horreur si grande exprime fidèlement « ce qu'il est », sa nature mise à nu ?

Récit d'une expérience brûlante, il y a quelques mois. — Je me rendis, la nuit tombée, dans une forêt : je marchai une heure, puis me dissimulai dans une allée sombre où je voulais me libérer d'une lourde obsession sexuelle. Alors, j'imaginais essentiel — en un certain point — de briser en moi la béatitude. J'évoquai l'image d'un « oiseau de proie égorgeant un oiseau plus petit ». J'imaginai dans la nuit les hautes branches et le feuillage noir des arbres animé contre moi, contre la béatitude, de la colère de l'oiseau de proie. Il me sembla que l'oiseau sombre fondait sur moi... et m'ouvrait la gorge.
Cette illusion des sens était moins convaincante que d'autres. Je me secouai et je crois m'être mis à rire, délivré d'un excès d'horreur et d'incertitude. En pleine obscurité, tout était clair. Sur le chemin du retour, en dépit d'un état extrême de fatigue, je marchais sur de gros cailloux, qui, d'habitude, me tordaient les pieds, comme si j'étais une ombre légère. À

ce moment, je ne cherchais rien, mais le ciel s'ouvrit. Je *vis*, je *vis* ce que seule empêche de voir une pesanteur expressément voulue. L'agitation perdue d'une journée étouffante avait enfin brisé, volatilisé la coque.

Je marchais, devant moi le ciel noir s'éclairait à tout instant. D'un lointain orage émanaient sans arrêt des éclairs, vacillants, muets, immenses : soudain, les arbres détachaient de hautes silhouettes sombres sur un plein jour. Mais la fête du ciel était pâle auprès de l'aurore qui se leva. Non exactement en moi : je ne puis en effet assigner de siège à ce qui n'est pas plus saisissable ni moins brusque que le vent.

Il y avait sur moi, de tous les côtés, *de l'aurore*, j'en avais la certitude, et n'ayant gardé que peu de conscience de moi, j'étais perdu dans cette aurore : la violence est molle, le rasoir le mieux affilé, ébréché, près de cette aurore. Une béatitude inutile, non voulue, lame étroitement serrée dans la main nue, qui saigne de joie.

Avec la passion, la lucidité méchante dont je suis capable, j'ai voulu, en moi, *que la vie se déshabille*. Depuis que l'état de guerre existe, j'écris ce livre, tout le reste est vide à mes yeux. Je ne veux plus que vivre : alcool, extase, existence nue comme une femme nue — et troublée.

Dans la mesure où la vie que je suis se révèle à moi et, dans le même temps, parce que je l'ai vécue sans rien cacher, devient visible du dehors, je ne puis que saigner intérieurement, pleurer et désirer.

Mes rires heureux, mes nuits de joie et toutes mes malices agressives, ce nuage déchiré dans le vent n'est peut-être qu'un long sanglot. Il me laisse glacé, abandonné au désir de nudités impossibles.

Ce que j'étreins avidement. Plus loin : ce que je n'étreins pas, l'impossible et le merveilleux. Tout s'épuise, résolu dans un hoquet.

Des filles nues (dévêtues à demi) comme un hoquet, comme un plancher qui craque.

Ce qu'ont de glacial des vapeurs de soufre, un ventre en haut des bas, dans la complicité des yeux, sans espérance d'amour ; ce qu'a de fauve et de cruellement doux la nudité.

La nudité féminine aspire à la nudité mâle aussi avidement qu'à l'angoisse un plaisir brûlant.

Une pipe, deux faux-cols blancs, un faux-col bleu, quatre chapeaux de femmes noirs : quatre chapeaux de formes différentes, à mettre sur les tombes en guise de croix.

La nudité des êtres aussi provocante que leur tombe : elle sent mauvais et j'en ris. Le tombeau n'est pas moins inévitable que la mise à nu.

Ce qu'il faut demander à l'être aimé : d'être la proie de l'impossible.

(Ce qui précède n'était pas écrit de sang-froid. J'avais bu.)

J'abhorre les phrases... Ce que j'ai affirmé, les convictions que j'ai partagées, tout est risible et mort : je ne suis que silence, l'univers est silence.

Le monde des paroles est risible. Les menaces, la violence, le pouvoir qui envoûte, appartiennent au silence. La profonde complicité n'est pas exprimable en paroles.

Se conduire en maître signifie ne jamais rendre de comptes; je répugne à l'explication de ma conduite.

La souveraineté est silencieuse ou déchue.

La sainteté qui vient aspire au mal.

Qui parle de justice est lui-même justice, propose un justicier, un père, un guide.

Je ne propose pas la justice.

J'apporte l'amitié complice.

Un sentiment de fête, de licence, de plaisir puéril — endiablé.

Seul l'être « souverain » connaît l'extase. Si l'extase n'est pas accordée par Dieu!

La révélation liée à mon expérience est celle d'un homme à ses propres yeux. Elle suppose une lubricité, une méchanceté, que n'arrête pas le frein moral; de l'amitié heureuse pour qui est simplement méchant, lubrique. L'homme est sa propre loi, s'il se met nu devant lui-même.

Le mystique devant Dieu avait l'attitude d'un *sujet*. Qui met l'être devant lui-même a l'attitude d'un *souverain*.

La *sainteté* demande la complicité de l'être avec la lubricité, la cruauté, la moquerie.

À l'homme lubrique, cruel et moqueur, le *saint* apporte l'amitié, le rire de connivence.

L'amitié du *saint* est une confiance se sachant trahie. C'est l'amitié que l'homme a pour lui-même, sachant qu'il mourra, qu'il pourra s'enivrer de mourir.

VI

INACHEVABLE

La pensée réfléchit l'univers, et c'est la chose la plus changeante : elle n'en a pas moins la réalité de l'univers. Et comme il n'y a ni petite ni grande partie et que la plus infime ne saurait avoir moins de sens que le tout (ni plus ni moins de sens), « ce qui est » diffère suivant le temps. Concevoir un point de rassemblement — à la fin du temps (Hegel), hors du temps (Platon) — est sans doute une nécessité de l'esprit. La nécessité de l'esprit est réelle : elle est la condition d'un sens, de ce au-dessus de quoi ni sans quoi la pensée ne peut rien concevoir, mais elle est changeante. Mais pourquoi limiter ces perspectives à la réalité subjective à laquelle s'opposerait l'immuable réalité de l'objet? La possibilité est donnée de regarder le monde comme une fusion du sujet et de l'objet, dans laquelle le sujet, l'objet et leur fusion ne cesseraient pas de changer, en sorte qu'il existât, entre l'objet et le sujet, plusieurs formes d'identité. Cela signifierait non que la pensée atteint nécessairement le réel, mais elle l'atteint peut-être? Cela signifierait que seuls des fragments sont en jeu : le réel n'aurait pas d'unité, serait composé de fragments successifs ou coexistants (sans limites invariables).

La constante erreur humaine traduirait le caractère inachevable du réel et, partant, de la vérité. Une connaissance à la mesure de son objet, si cet objet est intimement inachevable, se développerait dans tous les sens. Elle serait, dans son ensemble, une immense architecture en démolition, en construction dans le même temps, à peine coordonnée, jamais d'un bout à l'autre. Les choses étant ainsi représentées, il est agréable d'être homme. Sinon n'est-il pas fou d'imaginer la dégradation d'où procéderaient nos esprits lourds et notre sottise ? À moins que Dieu — l'être achevé — n'ait été mordu du désir de l'inachevé comme d'un infime plus grand que son absence de grandeur vraie ! (Il n'y aurait nulle *grandeur* en Dieu : il n'est en lui ni différence ni comparaison.)

Ceci revient à voir dans l'homme et ses erreurs un miroir qui ne serait ni parfait ni déformant : la nature n'étant qu'un fragment réfléchi dans le miroir que nous en sommes.

Cette proposition ne peut être fondée (personne ne peut répondre aux questions décisives). Nous ne pouvons que mettre les questions — leur absence de réponse — au compte d'une partie du réel, qui est notre lot. Mais si j'admets que rien n'existe de général qui puisse subordonner les parties (les faire dépendre de plus grand qu'elle) ? Les questions, l'absence de réponse sont des limites qui se retrouveraient de quelque façon dans des possibilités différentes.

Ces propositions et ces présuppositions ne sont pas fondées, ne pourraient l'être en aucun cas : rien ne saurait être fondé sinon sur une nécessité excluant les

autres possibles. Elles ne constituent qu'un ensemble
résiduel appartenant à cette sorte d'homme parlant
longtemps après l'édification des fondements, quand la
ruine est consommée.

Difficile de penser autrement : « deux et deux font
quatre », vérité valable pour tout réel, tout possible ! Si
l'on y tient... Rien d'autre à découvrir dans l'étendue
vide que cette formule évidente, elle-même vide.

Si quelqu'un s'établit sur cette unique certitude vide,
en faisant le socle d'une dignité têtue, puis-je en rire
moins que de l'autre idée : « deux et deux font cinq » ?
Quand je me dis insidieusement : « deux et deux font
cinq... et pourquoi pas ? » réellement je n'en pense
rien : au moment tout me fuit, mais, *par la fuite en moi de
tout objet*, je ne m'approche sans doute pas moins de ce
qui tombe sous le coup de la connaissance que si, apercevant « deux et deux font quatre » en tant que vérité
éternelle, j'imaginais atteindre le secret des choses.

Alors que j'écris, une bête à bon Dieu prend son vol
sous ma lampe, elle vient se poser sur ma main : je
l'enlève et la place sur une feuille de papier. Autrefois
j'ai copié sur cette feuille un schéma figurant, d'après
Hegel, les diverses formes allant d'un extrême à
l'autre : de l'*Allgemeinheit* à l'*Einzelheit*[1]. Elle s'est arrêtée
dans la colonne *Geist*, où l'on va d'*allgemeines Geist* à
sinnliches Bewusstsein (Einzelheit)[2] en passant par *Volk*,
Staat et *Weltgeschichte*[3]. Ayant repris sa démarche
déconcertée, elle échoue dans la colonne *Leben*[4], son

1. De l'universalité à la particularité.
2. De l'esprit universel à la conscience sensible (la particularité).
3. Peuple, État et histoire universelle.
4. Vie.

domaine cette fois, avant d'avoir atteint, dans la colonne centrale, la « conscience malheureuse », qui ne concerne que son nom.

La jolie petite bête m'humilie. Je n'ai pas de conscience heureuse devant elle : je fuis, à grand-peine, un malaise qu'introduit le malheur de mes semblables. Malheur exploité par des cuistres : à l'éprouver, je me sens devenir un cuistre moi-même.

Le philosophe malheureux a besoin d'alcool, autant que le charbonnier de savon. Mais tous les charbonniers sont noirs et les philosophes sobres.

En conclusion ? j'offre un verre d'alcool à ma pensée : retour à la conscience ensoleillée !

Le cours de ma pensée n'est pas tant le malheur philosophique qu'une heureuse horreur de la faillite — évidente — des pensées : si j'ai besoin d'alcool, c'est pour être sali de la poussière des autres.

L'humilité devant Lautréamont ou Rimbaud : forme nouvelle de conscience malheureuse, elle a ses cuistres comme la vieille.

Lu deux « causeries » d'un moine hindou que j'ai connu, je l'avais vu une heure : dans sa robe rose, il m'avait plu par son élégance, sa beauté, la vitalité heureuse de son rire. Déprimé par cette littérature conforme à la morale des Occidentaux.

Ceci pourrait être fortement exprimé et clairement retenu : que la vérité n'est pas là où des hommes se considèrent isolément : elle commence avec les conversations, les rires partagés, l'amitié, l'érotisme et n'a lieu qu'*en passant de l'un à l'autre.* Je hais l'image de l'être se liant à l'isolement. Je ris du solitaire prétendant réfléchir le monde. Il ne peut pas le réfléchir, parce qu'étant lui-même le centre de la réflexion, il cesse d'être à la mesure de *ce qui n'a pas de centre.* J'imagine que le monde ne ressemble à aucun être séparé et se fermant, mais *à ce qui passe de l'un à l'autre* quand nous rions, quand nous nous aimons : l'imaginant, l'immensité m'est ouverte et je me perds en elle.

Peu importe alors moi-même et, *réciproquement,* peu m'importe une présence étrangère à moi.

Je ne crois pas en Dieu : faute de croire en moi.

Croire en Dieu, c'est croire en soi. Dieu n'est qu'une garantie donnée au moi. Si nous n'avions donné le *moi* à l'absolu, nous en ririons.

Si je donne ma vie à la vie elle-même, à la vie à vivre, à la vie à perdre (je n'aime pas dire : à l'expérience mystique), j'ouvre les yeux sur un monde où je n'ai de sens que blessé, déchiré, *sacrifié,* où la divinité, de la même façon, n'est que déchirement, mise à mort, sacrifice.

À qui s'exerce à la contemplation, Dieu, me dit-on, ne serait pas moins nécessaire qu'une borne à l'autre, si l'on veut l'étincelle électrique entre les deux. L'extase a besoin d'un objet proposé à son jaillissement : fût-il réduit au point, cet objet possède une action si déchirante qu'il serait agréable, ou commode, parfois, de le nommer. Mais un danger, ajoutait-on, n'est pas niable : la borne (la lourdeur) à laquelle est donné le nom de Dieu compte avant la fulguration. À la vérité, l'objet ou le point devant moi, vers lequel l'extase est dirigée, est bien exactement ce que d'autres ont vu, qu'ils ont décrit, parlant de Dieu. Ce qui s'énonce clairement nous rassure : la définition d'un immuable MOI, principe des êtres et de la nature, offrit la tentation de rendre clair l'objet de la contemplation. Une telle définition projette ce que nous sommes dans l'infini et l'éternité. L'idée d'une existence individuelle est favorable à la position de l'objet vers lequel l'extase est dirigée (la position de l'objet peut, à la rigueur, préciser sa découverte dans l'extase). Cette position n'en est pas moins une haïssable limite : dans l'étincelle de l'extase, les bornes nécessaires, sujet-objet, doivent être nécessairement consumées, elles doivent être anéanties. Cela signifie qu'au moment où le sujet se perd dans la contemplation, l'objet, le dieu ou Dieu, est la victime agonisante. (Sinon, la situation de la vie habituelle, le sujet fixé sur l'objet utile, maintiendrait la servitude inhérente à l'action, dont la règle est l'utilité.)

Je n'ai pas choisi Dieu comme objet, mais, humainement, le jeune condamné chinois que des photographies me représentent ruisselant de sang, pendant que le bourreau le supplicie (la lame entrée dans les os du genou). À ce malheureux, j'étais lié par les liens de l'horreur et de l'amitié. Mais si je regardais l'image *jusqu'à l'accord*, elle supprimait en moi la nécessité de n'être que moi seul : en même temps cet objet que j'avais choisi se défaisait dans une immensité, se perdait dans l'orage de la douleur.

Chaque homme est étranger à l'univers, appartient aux objets, aux repas, aux journaux — qui l'enferment dans sa *particularité* —, le laissent dans l'ignorance de tout le reste. Ce qui lie l'existence à tout le *reste* est la mort : quiconque regarde la mort cesse d'appartenir à une chambre, à des proches, il se rend aux libres jeux du ciel.

Pour mieux saisir, envisageons l'opposition des systèmes ondulatoires et corpusculaires en physique. Le premier rend compte des phénomènes par des ondes (comme la lumière, les vibrations de l'air ou les vagues), le second compose le monde de corpuscules — neutrons, photons, électrons — dont les ensembles les plus simples sont des atomes ou des molécules. De l'amour aux ondes lumineuses ou des êtres personnels aux corpuscules, le rapport est peut-être arbitraire ou forcé. Mais le problème de la physique aide à voir comment s'opposent deux images de la vie, l'une érotique ou religieuse, l'autre profane et terre à terre (l'une ouverte et l'autre fermée). L'amour est une si entière négation de l'être isolé que nous trouvons naturel et même, en un sens, merveilleux qu'un insecte meure de l'embrasement qu'il a cherché. Mais nous donnons à cet excès sa contrepartie dans la volonté de possession de l'un par l'autre. Ce besoin n'altère pas seulement l'effusion érotique ; il ordonne encore les relations d'appartenance réciproque entre le fidèle et l'obscure présence divine. (Dieu devient la chose du fidèle comme le fidèle est la chose de Dieu.) Il y a là l'effet d'une nécessité. Mais le savoir n'est pas me plier. Le « point » criant et déchirant dont j'ai parlé irradie la vie à tel point (bien qu'il soit — ou puisqu'il est — la même chose que la mort) qu'une fois mis à nu, l'objet d'un rêve ou d'un désir se confondant avec lui est animé, embrasé même et intensément présent. La personne divine, à partir de son « apparition » prétendue, n'est pas moins disponible que l'être aimé, qu'une femme offrant sa nudité à l'étreinte. Le dieu percé de plaies ou l'épouse prête au plaisir sont alors une « transcription » du « cri » qu'atteint l'extase. La « transcription » est facile, elle est même inévitable : nous devons fixer un objet devant nous. Mais accédant à l'objet dans un « cri », je sais que j'ai détruit ce qui mérite le nom d'objet. Et, de même que rien ne me sépare plus de ma mort (que j'aime en trouvant ce plaisir noyé qui en appelle la venue), je dois encore lier le signe de la déchirure et de l'anéantissement aux figures qui répondent à mon besoin d'aimer.

La destinée des hommes avait rencontré la pitié, la morale et les attitudes les plus opposées : l'angoisse ou même assez souvent l'horreur : elle n'avait guère rencontré l'amitié. Jusqu'à Nietzsche...

Écrire n'est jamais plus qu'un jeu joué avec une réalité insaisissable : ce que personne n'a jamais pu, enfermer l'univers dans des propositions satisfaisantes, je ne voudrais pas l'avoir tenté. J'ai voulu rendre accessible aux *vivants* — heureux des plaisirs de ce monde et mécréants — les transports qui semblaient le plus loin d'eux (et sur lesquels, jusqu'ici, la laideur ascétique a veillé jalousement). Si personne ne cherchait le plaisir (ou la joie) ; si seuls le repos (la satisfaction), l'équilibre comptaient, le présent que j'apporte serait vain. Ce présent est l'extase, c'est la foudre qui se joue...

Je dors, ces jours-ci, d'un sommeil agité, mes rêves sont lourds, violents, à la mesure de ma grande fatigue...
Avant-hier, je me trouvais sur les pentes d'un vaste volcan semblable à l'Etna, mais d'étendue plus saharienne ; sa lave était un sable foncé. J'arrivais près du cratère et ce n'était exactement ni le jour ni la nuit,

mais un temps obscur et indéterminé. Avant même
d'avoir aperçu les contours du cratère assez nettement,
je sus que le volcan entrait en activité. Bien au-dessus du
point où j'étais (je croyais approcher du sommet), s'élevait une immense paroi de la même consistance et de la
même couleur que le sable, mais lisse et verticale. Image
de la catastrophe prochaine, une lente coulée de feu
ruissela dans l'obscurité sur la paroi. Je me retournai et
je vis le paysage désertique zébré de longues fumerolles,
basses et rampantes. Je commençai à dévaler le flanc de
la montagne, comprenant que je n'échapperais pas au
danger, que j'étais perdu. J'éprouvais une extrême
angoisse : j'avais voulu jouer, le jeu s'était refermé sur
moi. À travers les fumerolles, j'arrivai rapidement en bas
de la montagne, mais là même où j'espérais trouver
l'issue, je ne vis que des pentes à gravir en tous sens ;
j'étais au fond d'un entonnoir irrégulier dont les parois
se lézardaient, laissant s'élever en longues traînées
blanches les lourdes fumées du volcan. La certitude de
la mort m'accablait, mais je poursuivis ce chemin de
plus en plus dur : j'arrivai à l'entrée d'une grotte dont
les rochers féeriques brillaient de couleurs crues,
jaunes, noires et bleues, disposées géométriquement,
comme elles le sont sur les ailes des papillons. Je péné-
trai dans ce refuge, j'entrai dans une vaste salle dont
l'architecture n'était ni moins géométrique ni moins
belle que la porte. Quelques personnages qui s'y trouvaient étaient loin de trancher aussi clairement sur le
décor que les statues d'un porche. Ils étaient d'une sta-
ture immense et d'une sérénité qui faisaient peur. Je
n'avais jamais vu, jamais imaginé d'êtres plus parfaits,
plus puissants, ni plus lucidement ironiques. L'un d'eux
s'élevait devant moi dans sa majestueuse et glaciale
architecture, assis mais dans une position désinvolte,

comme si les ordres de figures ornementales dont il était formé étaient les ondes d'un rire clair et purifié, sans plus de bornes ni moins de violence que les vagues d'une tempête. Devant ce personnage de pierre qu'enivrait une lumière lunaire, intérieure, émanant de lui, dans un mouvement de désespoir et dans la certitude de partager l'hilarité mortelle qui l'animait, je trouvai, en tremblant, le pouvoir de *me reconnaître*, et de rire. Je m'adressai à lui, et malgré mon trouble exprimai avec une aisance trompeuse ce que j'éprouvais : que j'étais semblable à lui, semblable à ses congénères que je voyais, plus loin et plus obscurément que lui, occupés à rire — de leur rire calme, glacial et déchirant — de ma peur extrême et de mon inconcevable audace. Alors ma tension devint telle que je m'éveillai.

Un ou deux jours plus tôt, j'avais rêvé que le temps venait pour moi de ne plus compter avec rien et de me dépenser sans plus songer à reprendre haleine : ce que je désirais me possédait si bien que des mouvements d'une éloquence déchaînée me soulevaient. Comme dans le rêve, plus obscur, du volcan, c'était toujours la mort — la mort en même temps crainte et désirée — faite en son essence de cette grandeur vide et de ce rire intolérable qui sont accessibles en rêve — c'était toujours la mort proposant le saut, la puissance de lier à un inconnu parfaitement noir, qui vraiment ne sera jamais connu, et dont la séduction, qui ne le cède pas aux couleurs les plus chatoyantes, est faite de ce qu'il n'aura jamais rien, pas la plus petite parcelle de connu, puisqu'il est l'anéantissement du système qui avait le pouvoir de connaître.

Septembre 1939-mars 1940.

*Les Malheurs
du temps présent*

I

L'EXODE

Je commence un deuxième carnet pendant la bataille du Nord. Je ne pourrais en donner les raisons : une obscure nécessité s'impose à moi. En moi tout est violent, heurté, ramassé. Tout est maudit.

Pendant la nuit du 9 au 10 mai, je ne savais rien, ne pressentais rien : je me réveillais sans cesse et, ce que je n'ai peut-être jamais fait, je gémissais, murmurant sur l'oreiller, misérablement : Pitié !...

Descendu le matin dans le jardin ensoleillé, je vis de l'autre côté de la grille le vieillard que l'on appelle ici le « commandant », portant tablier bleu de jardinier : de son accent bonasse de paysan racé, ému, mais simplement, il me dit ce qu'annonçait la radio : les Allemands en Belgique et en Hollande.

J'ai de la haine pour le romantisme : ma tête est l'une des plus solides qui soient. Le désordre en moi vient de la force inemployée. J'ai déchiré (ou perdu) la lettre à X..., où j'exprimais l'idée que, l'histoire achevée, la négativité serait sans emploi[1] : la négativité,

1. Le texte de cette lettre, retrouvé, figure en tête de l'*Appendice* (p. 185).

c'est-à-dire l'action — qui dérange (il s'agissait de Hegel). La négativité sans emploi détruirait qui la vivrait : le *sacrifice* illuminera l'achèvement comme il éclaira l'aurore de l'histoire.

Le sacrifice ne peut être pour nous ce qu'il fut au début des « temps ». Nous faisons l'expérience de l'apaisement impossible. La sainteté lucide reconnaît en elle-même la nécessité de détruire, la nécessité d'une issue tragique.

Je vais (pour quelques heures) dans un pays où m'attachent d'affreux souvenirs d'enfance (pays de ma famille), que je devrai quitter comme les maudits — en riant. J'imagine approcher de l'échéance tragique, ce qui tantôt me paralyse, tantôt m'égaie... Pourquoi l'écrire ? J'arrive au jour où les parties lointaines de ma vie se retrouvent et se heurtent, se mêlent à ce qui m'est à cœur aujourd'hui (rien ne m'empêcherait maintenant de frapper du pied la marche d'un autel où peut-être je saignerai).

Sous un voile, une aridité brumeuse et brillante, conscience de sentiments calcinés, de paix faite d'incendies éteints. La force la plus sûre, le plus triste silence. Plus rien de vrai, puisque le cœur a cessé de saigner.

De grands et de terribles événements sont durs à supporter ; ils sont cependant tels que je n'aurais pas voulu vivre sans eux, m'eussent-ils apporté d'une heure à l'autre le pire.

Souvent pusillanime : trop d'imagination me retire le souffle.

H. est mort, que j'aimais bien, qui arrivait comme un spectre se glisse (un très vieux spectre affable). Je le voyais rarement. Les événements le rongèrent et l'horreur le saisit : l'étrange victime !

J'ai traversé plusieurs fois la Concorde, qui, jadis, fut la place de la Terreur. Le peuple a tous les droits. Qu'il immole ceux qui lui manquent à la nécessité qu'il porte en lui ! Le peuple est même en droit d'ignorer les souffrances qu'il exige. Il est logique et *nu* que H. soit mort.

Je serais ridicule de dire : « J'aime le peuple », étant la même chose que lui. Déchiré, mais *absent*. Mon déchirement est plus trouble, mon absence surtout. Je ne pourrais dire : « J'aime... ». Parler m'exaspère avant tout. Le silence seul répond à mon déchirement.

Le train dans lequel j'écris arrive dans une région que les bombes ont touchée lundi : négligeables pustules, sournoises, premiers signes de la peste.

Malheur à qui n'a pas le cœur de regarder en face ! Ce matin même — c'était si facile à prévoir — tout se déchaînait.

Ce que je vois gaîment (plutôt gaîment) : je ne puis rien écrire qui n'ait l'allure d'un pas menant à la mort. C'est la seule cohésion de notes fébriles, auxquelles il n'est pas d'autre explication.
Je ne sais si j'aurai le cœur de rester gai...

Je voulais écrire en tête de ce qui précède ces deux mots : *l'heure de la vérité,* qui désignent le moment de la corrida où, blessé, le taureau n'a plus qu'à mourir. Tricherie? avec la mort, comment éviter de tricher? Tricher! j'étais décidé l'autre jour à mourir : ce qu'amenait l'angoisse, le vent l'emporta.

Dans l'après-midi, j'ai longuement fait les cent pas avec le « vieillard sentencieux ». Je l'avais vu déjà mardi : cette fois-là, j'avais été frappé d'un accord entre nous presque entier — au moment même où tout est sur la crête. Rien n'était plus clair, ni plus chargé de sens à ses yeux, qu'une dialectique de l'autonomie et de la communication. Il attendait de mon pays ce qu'aucun autre ne peut faire, que nulle défaite ne saurait supprimer.

Le vieillard me parla encore longuement le 5 juin, parlant de cette « vie des saints » que nous aurions dans des mondes hostiles, à la logique indécise. J'écris au moment de quitter Paris, et Paris, à huit heures du matin, est couvert d'un nuage de suie. Je suis dans un hôtel du centre, et c'est lugubre. C'est l'apocalypse et rien d'intelligible n'a lieu. Je m'efforce, au cinquième étage, de m'abîmer dans la méditation — écrivant, me perdant dans l'affreux brouillard. L'horreur monte à la gorge et cependant la force me soulève : en moi cette force se ramifie comme un arbre. Les hommes se font souffrir à s'écœurer, pourtant la force les possède.

La fatigue excessive (qui abat), le sentiment d'un désastre illimité, auquel personnellement j'échappe, ou peu s'en faut, mais que les récits font sentir, enfants morts, femmes criantes, foules obstinées. L'incendie, la nuit, à Tours et la lueur des tirs de D.C.A. À proximité, cependant, d'une oasis où parfois j'imagine ne jamais parvenir. Le plus difficile reste à faire, mais chaque difficulté, lentement, s'est levée (l'attente annihilait le désir). Un peu de force encore! Un peu de force? Au point où j'en arrive, je ris de moi-même et me regarde comme inscrit dans la méchanceté du ciel. Un calme de temple, mais le temple est voué aux divinités néfastes.

La mort, au moment où j'écris, s'approche du « vieillard sentencieux ». (Il mourut deux mois plus tard.)

Il est dans le visage humain une complication infinie de détours et d'échappatoires, répondant au trafic d'esprit sur quoi tout repose. On n'imagine plus de réduire la vie à la simplicité du soleil. Chacun de nous, toutefois, porte en lui cette simplicité : il l'oublie pour des complications de hasard, dépendant de l'angoisse avare du *moi*.

Imaginer un astre embarrassé dans les sottises de la condition humaine! Appeler le soleil « mon bon monsieur » en dit long sur la différence entre l'univers et l'homme.

Il n'est rien qui me fasse oublier de rire, mais les hommes sont trop peu « soleil », et je n'ai plus le cœur de rire aux éclats de leur petitesse.
Quand les fondements de chaque chose faiblissent, il est naturel de chercher, les yeux fixes, et de vouloir la *simplicité*.

Déplumés vivants! Nous avions des plumes! Nous
n'avons pas volé.

De ville en ville, dans une voiture de louage, villes
misérables encombrées, la débandade s'étend dans les
vallées. Nuages bas, pluie interminable.

La voiture prit la route des montagnes à travers les
nuages accrochés aux pentes. Impossible d'imaginer
un aspect du monde plus triste; ce qui, sortant des
brumes, apparaissait de temps à autre suffisait : la déso-
lation hostile, déserte, donnait un sentiment d'immensité qui chavirait.
Si les nuages s'étaient levés, la beauté d'un paysage
incomparable nous aurait fascinés. Une nudité op-
pressante se serait parée de brillantes couleurs;
l'espace lumineux, à demi céleste, et la variété des
plans auraient révélé l'étrangeté, les déchirures
abruptes, la richesse. Mais seule l'angoisse liée à la
nudité des plateaux et la mélancolie que donne
l'espace désert nous auraient maintenus en haleine
devant ce spectacle.

J'allais de maison en maison, j'entrais dans des
chambres où les réfugiés, les femmes, les enfants se
pressaient. Dans l'une des pièces les plus peuplées
s'entendait un ronflement de porc : une petite fille
étendue sur un sofa respirait en faisant ce bruit,
monstre aux jambes de rat, le visage livide marqué par
le mal.

Selon A., Kierkegaard donne à Job un droit, celui de
crier jusqu'au ciel. Je hais les cris. Je *veux* les conditions
de l'« arpenteur », ce jeu qui, selon l'expression d'A.,

introduit du possible dans l'impossible. Dans ce jeu, du moins la parole et les catégories du langage ne règlent rien.

Bien que ma vie dans ce village soit vide — étrange et décousue —, je ne veux pas que tout m'enlise.

Gentillesse? Résignation? Mais, par définition, l'«arpenteur»? Je me sens rire, coupable d'être *moi*? De ne pas être l'autre? De ne pas être mort? Si l'on y tient. Je paye, j'accepte de payer. Comment n'en rirais-je pas?

Ma gaieté est une flèche — décochée avec une force sans égale.

Le malheur continue de s'étendre. Il ne subsistera bientôt d'un monde qui m'a donné le jour — et fait ce que je suis — qu'un souvenir ruiné.

L'angoisse est la vérité de Kierkegaard, et surtout celle de l'«arpenteur» (de Kafka). Mais moi-même? Si je ris ou devine en riant ce qui est là, ce qui est plus loin, qu'ai-je à dire à ceux qui m'entendraient? Que l'angoisse les noue!

Qui n'agonise pas dans l'horreur d'un brouillard très bas jouit du jour comme l'imbécile croyant que le jour lui est dû. Comment serait-il innocent dans un monde où il introduit la catégorie du coupable? Qui n'oublie pas l'horreur du brouillard où il agonise se sait dû, au contraire, à ce jour qui l'enivre.

J'ai tracé le chemin menant au point même où s'écoule en entier le fleuve des êtres. Sans arrêt, ce fleuve d'ivresses et de souffrances se perd dans l'océan qu'est la gloire : *la gloire, qui n'est la possession d'aucun être en particulier.*

Quand je « médite » devant les pentes nues des montagnes, j'imagine l'horreur qui s'en dégage dans le froid, dans l'orage : hostiles comme les insectes se battant, plus accueillantes à la mort qu'à la vie.

La vérité risible de l'espace s'ouvre à moi comme à celui qui lève une jupe la vérité marécageuse de l'amour.

Mais l'érotisme engage une dépense de force excessive... et tout manque au premier relâchement. Sade lui-même méconnut que la méchanceté et l'indécence sont voulues non par une nature marâtre, mais par la *sainteté* — les transes — du corps humain. J'écris pour m'être emparé du secret... Il m'aurait échappé si j'avais moins souvent retiré les robes des filles. Je dus, toutefois, avoir la force d'aller plus loin. Ce qui s'offre à moi est la foudre dans la gorge... : il n'est pas d'éclat plus désirable.

J'ajoute : au seuil de la *gloire,* j'ai trouvé la *mort* sous l'apparence de la nudité, parée de jarretelles et de longs bas noirs. Qui approcha un être plus humain, qui supporta plus horrible furie : cette furie m'a conduit par la main dans mes enfers.

Me couvrir le front de cendres? l'épais brouillard étend le deuil dans la montagne... Mais la mort m'est familière. Mes yeux se perdent dans les creux des murs, où la poussière et l'araignée révèlent la vérité dernière : la cruauté innocente aux aguets, prête à la moindre défaillance. La plaie d'une vache, à peine abandonnée, couverte de mouches.

De septembre à juin, dans la mesure où la guerre était là, la conscience que j'en avais était faite d'angoisse. Je voyais dans la guerre ce qui manque à la vie si l'on dit qu'elle est quotidienne : ce qui fait peur, qui provoque l'horreur et l'angoisse. J'y appliquais ma pensée pour la perdre dans l'horreur : la guerre était à mes yeux ce qu'est le supplice, la chute du haut d'un toit, l'éruption d'un volcan. Je hais les goûts de ceux qui l'aiment pour se battre. Elle m'attirait, me donnant de l'angoisse. Des « hommes de guerre » sont étrangers à de tels sentiments. La guerre est une activité répondant à leurs besoins. Ils vont de l'avant pour éviter l'angoisse. Il leur faut mettre en jeu les plus grandes forces possibles.

Mais ceux qui fuient le danger de guerre comme un chrétien les mauvais lieux ! Mais ceux qui, dans l'angoisse, n'ont plus le courage d'affronter !

Au plein soleil au-dessus des landes, un bruit d'insectes emplit l'étendue du ciel. J'imagine un délire arabe : les insectes invisibles de l'air, comme des Aïssaouahs, vocifèrent ; l'espace même est dans les transes.

Au loin les monts usés, les monts déserts et nus, sortent de l'ombre des vallées, inaccessibles à l'ordonnance humaine.

Après deux mois d'effondrement (passant par Vichy).

Ce que je hais par-dessus tout : ces petits êtres riches, rapetissant ce qu'ils regardent. Les tristes putains ! je deviens aphone à les voir. Pas de silence de mort assez lourd pour river ces langues. Mais le désastre va trop loin, l'imposture est trop voyante.

Dans l'angoisse; de l'angoisse à perte de vue. Tout
est lassant, trop d'obstacles me lassent.

D'autres sont rebelles à l'angoisse. Ils rient et
chantent. Ils sont *innocents* et je suis *coupable*. Mais que
suis-je à leurs yeux? un *intellectuel* cynique, tortueux,
malaisé. Comment supporter d'être lourd à ce point,
odieux, méconnu? J'accepte, étonné de l'excès.

Hypocrite! Écrire, être sincère et nu, nul ne le peut.
Je ne veux pas le faire.

Mouvements violents, trop violents. Je me refuse à
refréner... Mais je n'ai pas de laisser-aller avec moi-
même. Ne sachant qui je suis, je ne m'arrête à rien. J'ai
l'audace d'une épave. À tout moment, le cœur s'ouvre,
le sang coule et, lentement, sous la grimace, la mort
entre.

Le chrétien riant: c'est sa déchéance. Je n'évite ni
coup ni blessure. Blessé aux yeux? au bas-ventre? Pourtant je veux: la force, non la maladie, la force sans
erreur.

La « Marie couche-toi là » de la philosophie... Et
comme un « saint » rieur, malséant, ami de l'ombre. La
virilité d'un chien (dissimulée).

Comment être assez fort? Comment accepter? Comment aimer?

Une dignité d'arbre (mais non dans la pensée: ce
que je pense jusqu'au bout se déculotte), une absurde
douceur. Être avec la vie comme avec une femme,
amant buveur, riant, plein d'égards, de tendresse,
même à demi-lunaire, et jamais plus pur que le sexe nu.

La force est dans la connaissance du secret: le secret
se révèle à l'angoissé. L'enfant heureux, riant, ignore

l'insomnie des mondes ; il n'en éprouve ni l'angoisse, ni l'extase. Sa bonhomie l'écarte, il demeure à l'abri du plus mauvais. Il faut encore exiger ceci de l'angoisse : ne jamais vouloir que l'enfant se taise.

Pour moi, l'abattement, le vide, la séparation, la souffrance. Ce que je puis attendre : une solitude de bête.

J'ai fixé les murs de la chambre. Mes yeux se renversaient.

Tout à coup, je *vois,* je crierais. Comme si ma propre force m'arrachait, j'en ris, le souffle court. Quand je dis que je vois, c'est un cri de peur qui voit. Je ne suis plus séparé de ma mort. Mais me représentant vivant, c'est ma déchéance de survivre, de ne plus être pris à la gorge et de ne *rien* voir...

Il y a dans l'austérité une impudence dont j'use avec moi-même, une grossièreté distante et hostile. Dans le laisser-aller une sympathie de jocrisse — mais une pudeur infiniment douce. Je rêve d'une ascèse sans éclat, se parant des couleurs d'une vie distante, triste, mais sans règle. Une telle ascèse ne pourrait être à l'abri de raz de marée, elle composerait avec des excès dangereux dans tous les sens.

Mon interminable « procès » me donne le désir de mourir...

Une sorte de rayonnement, le bonheur physique et, je le crois, le plus violent : je suis le lézard des murailles ! au soleil, un chaos où le sang s'écoule.

Au hasard des chances... hier je n'aurais parlé que d'angoisse ; je me vante aujourd'hui — il me faut me vanter — de mon « impassibilité lucide » ! De chaque humeur l'origine est capricieuse. L'existence animale, que mesure le soleil ou la pluie, se joue des catégories du langage.

Mai-août 1940.

II

LA SOLITUDE

Le temps présent serait défavorable aux vérités nouvelles. La capacité d'attention dont dispose un homme est faible. La plus simple difficulté — l'addition de quelques chiffres — j'oublie pour un temps ce que j'aime. Et pour d'autres le temps s'éternise. *A fortiori* le changement des conditions historiques retient l'attention tout entière. Porté à m'occuper de l'actuel, à perdre de vue le lointain, sans lequel l'actuel est dérisoire.

Le changement et l'agitation sont propices à la réflexion blessante — quand le temps de paix ne l'est guère. Le dérangement des hommes et des choses — et non la stagnation — convient à la conquête de vérités troubles. Un enfantement se fait d'une mère souffrant la mort, nous naissons d'un tumulte de cris perçants.

Celui qui regarde de loin le monde présent — auquel il est en quelque sorte mort — qui le regarde à la mesure des vagues profondes qui, en plusieurs siècles, se sont *rapidement* succédé — celui-là rit d'apercevoir la nouvelle vague qui vient de passer, laissant derrière elle tant d'hommes désemparés, cramponnés aux débris que déposa le passage des eaux. Il ne voit que la succession violente des vagues surgies du fond des temps, sans fin, disposant des liens fragiles et des phrases figées. Il n'entend plus que le fracas des eaux précipitées, rosies de sang. Le ciel vertigineux, le mouvement immense (dont il ne connaît que l'*immensité*), car il en ignore l'origine et la fin, représentent, à ses yeux, cette nature humaine, qu'il est, qui brise en lui le désir de repos. C'est en vérité un spectacle trop grand, qui le frappe de malheur : il est atterré, hors d'haleine. Mais il n'était pas homme avant de l'avoir vu : il ignorait l'admiration qui ne peut retenir un cri.

Nul ne peut savoir à quel degré de solitude un homme arrive si le destin le touche.

Le point d'où les choses apparaissent nues n'est pas moins oppressant que la tombe. Arrivé là, l'*impuissance divine*, à coup sûr, l'enivre : elle le déchire jusqu'aux larmes.

Me voici revenu — riant — parmi mes semblables. Mais leurs soucis ne m'atteignent plus : au milieu d'eux, je suis aveugle et sourd. Rien ne saurait en moi s'utiliser.

Pour un homme, une sécheresse de désert, un état suspendu (de tout autour de lui) sont des conditions d'arrachement favorables. La nudité se révèle à celui qu'une solitude hostile enferme. C'est l'épreuve la plus dure, la plus délivrante : un état d'amitié profonde veut qu'un homme soit abandonné de tous ses amis, l'amitié libre est détachée de liens étroits. Loin par-delà les défaillances d'amis ou de lecteurs *proches*, je cherche maintenant les amis, les lecteurs qu'un mort peut trouver et, d'avance, je les vois, fidèles, innombrables, muets : étoiles du ciel ! mes rires, ma folie vous révèlent et ma mort vous rejoindra.

S'il se livre en moi-même un combat, c'est pour être en un point la frange d'écume où la contradiction des vagues éclate. Ma conscience d'être, au milieu d'autres, un point de rupture et de communication demande encore que je rie de mes douleurs et de mes rages. Je ne puis rester étranger à ces rages : si même j'en ris, ce sont les miennes...

Une trop grande étendue d'événements engage *finalement* au silence. Mes phrases me semblent loin de moi : il y manque la *perte de souffle*. Aujourd'hui j'aimerais balbutier : je ne fus jamais plus sûr de moi. En moi-même l'éclat de mes pensées ne m'exprime en entier qu'en jeux de lumière dérobés, qui aveuglent... Que l'on suppose un homme malade du déchirement présent — au point où, devant ses yeux, tout vacille, où ses aliments remontent par le nez — un homme qui endurerait à la condition d'être ivre — ivre sans névrose et même gai — alors que le sol tournerait dans sa tête (comme s'il allait mourir)...

Rien d'aussi douloureux ne plaisante : ma volonté est ferme, j'ai deux bonnes mâchoires... Bravant l'agitation, je propose à chacun ma solitude. Que serait ma solitude sans l'agitation ? — que serait l'agitation sans ma solitude ?

Toutes les volontés, les attentes, les commandements, les liens et les formes de vie brûlante, autant que les immeubles ou les États, rien qui ne soit menacé de mort et ne puisse disparaître demain; les dieux dans la hauteur du ciel sont eux-mêmes en danger de tomber de cette hauteur non moins qu'un combattant d'être tué. Comprenant cela, n'en doutant plus, je n'en ai pas d'hilarité, ni de peur. Ma vie, le plus souvent, demeure absente.

Allant plus loin que je n'avais été, il me sembla la nuit dernière atteindre une lucidité accrue, je ne pouvais dormir : c'était pénible, aussi simple pourtant que trouver un objet perdu : nous souffrons de ne plus l'avoir, mais il n'amuse plus retrouvé. La vie se poursuivit en moi tout le jour, solide et sûre d'elle-même. L'idée d'avoir trouvé le mot me parut vide. Ce mot, d'une simplicité désarmante, je pourrais le donner facilement. Mais la pensée de la découverte, en moi, s'oppose à la communication. À l'instant, je m'ennuie, je suis découragé.

J'ai consulté hier un dictionnaire voulant connaître la hauteur de l'atmosphère : la colonne d'air dont nous devons supporter le poids ne serait pas inférieure à dix-sept tonnes. Non loin du mot « atmosphère », je me suis arrêté sur *Atlixco*, ville du Mexique, État de Pueblo, au pied du Popocatapetl (du volcan). Je me représentai soudain la petite ville que j'imagine semblable à celles du sud de l'Andalousie : dans quel oubli — ignorée du reste du monde — persévère-t-elle en elle-même? Elle persévère cependant, les petites filles, les pauvresses et peut-être en une chambre désordonnée, un garçon suant qui sanglote... Ô monde aujourd'hui en entier noué de sanglots, naïvement vomissant le sang (comme un poitrinaire) : du côté des plaines de Pologne? Autant ne rien imaginer. Un blessé crie! je suis sourd au fond de ma solitude, où le chaos dépasse celui des guerres. Même des cris d'agonie me semblent vides. Ma solitude est un empire, on se bat pour sa possession : c'est l'étoile oubliée — l'alcool et le savoir.

J'assumerais une tâche excessive? ou ma vie se joue-rait de toutes les tâches? ou encore, les deux : je ne me déroberai pas : *je jouerai.* Je ne puis ni me dérober, ni ne pas jouer. Je l'emporterai par l'âpreté. Refusant les leurres dont les autres vivent. J'en arrive à sentir une domination comme un fait, comme une tension demande que d'autres tensions lui répondent. Je suis dure et lucide maîtrise, en même temps décision. Trop sûr de moi pour m'arrêter où d'autres imagineraient qu'ils s'enlisent.

1941.

La Chance

I

LE PÉCHÉ

La partie essentielle manquerait si je ne parlais pas du péché. Qui n'a vu qu'en posant le sacrifice, j'avais posé le péché? Le péché, c'est le sacrifice, la communication est le péché. On dit du péché de la chair qu'il est sacrifice à Vénus. « Je consommai le plus doux des sacrifices », ainsi s'exprima jadis le poète. L'expression des Anciens ne peut être négligée. Et de même que l'amour est un sacrifice, de même le sacrifice est un péché. Hubert et Mauss disent de la mise à mort : « C'est un crime qui commence, une sorte de sacrilège. Aussi pendant qu'on amenait la victime à la place du meurtre, certains rituels prescrivaient-ils des libations et des expiations... Il arrivait que l'auteur du meurtre était puni; on le frappait ou on l'exilait... les purifications que devait subir le sacrificateur après le sacrifice ressemblaient d'ailleurs à l'expiation du criminel » (*Sacrifice*, pp. 46-47). En faisant mourir Jésus, les hommes ont pris sur eux le crime inexpiable : c'est le sommet du sacrifice.

Pour lire le *Concept d'angoisse*.
Pour qui saisit la communication dans le déchirement, elle est le péché, elle est le mal. Elle est la

rupture de l'ordre établi. Le rire, l'orgasme, le sacrifice, autant de défaillances déchirant le cœur, sont les manifestations de l'angoisse : en elles, l'homme est l'angoissé, celui qu'étreint, qu'enserre et que possède l'angoisse. Mais, justement, l'angoisse est le serpent, c'est la tentation.

À qui désire entendre, trois ressources sont nécessaires : l'insouciance de l'enfant, la force du taureau (si décevante dans les arènes), le goût qu'un taureau ironique aurait de s'appesantir sur les détails de sa position.

Je dis : la communication est le péché. Mais le contraire est évident! L'égoïsme, seul, serait le péché!

Le pire est le *faux-jour*. Personne n'évite la lumière venant d'un *pavé*. Plus redoutable est la lumière incertaine qui vient de toutes parts (nous ne savons d'où), qui coïncide sous un angle, avec la lumière du pavé. L'homme agité dans ce faux-jour est la proie de croyances raisonnables. Il ne saurait se croire abandonné. Il ne sait pas qu'il aura tout d'abord à reconnaître l'abandon, puis à le vouloir, à devenir enfin volonté d'être abandonné. Comment devinerait-il dans l'abandon le moyen de communiquer le plus ouvert? Et toujours des *vérités* transparaissent, des faisceaux de vérités se forment qui le fascinent; les faisceaux se défont... Sans lassitude, il les reforme un peu changés. Vienne l'homme le plus intelligent : il liera tout en un faisceau. La vérité entière va-t-elle enfin, quand le faisceau se défera, se dissiper? Il n'en est rien : l'inépuisable patience de la nuit recommence : l'homme guérit, par l'oubli, de son impuissance.

D'autant qu'elle se fondait sur une erreur : personne au fond ne veut le jour, Hegel lui-même n'en voulait pas ; l'intelligence est dirigée vers un *faux-jour*, elle cherche un insaisissable miroitement. Le jour détruirait tout, le jour serait la nuit ! Jusqu'en moi-même écrivant ceci, le travail de l'intelligence se poursuit..., je suis condamné à savoir, du moins ce que je dis. Je ne pourrai sans doute, avant de mourir, me perdre dans la nuit.

À supposer que l'on prenne au sérieux l'explication que j'ai donnée des conditions dans lesquelles communique l'existence humaine, j'aurais à *poursuivre* l'explication. Mais personne ne peut. L'explicable à la fin se change en son contraire. La pire menace d'angoisse est la bonne apparence que nous donnons à des vérités occasionnelles ; nous ne faisons que nous décrire et discerner ce qui nous semble vrai. Qu'en raison de sa cohérence, je prête de l'objectivité à ce *décrit*, c'est inévitable, mais je n'ai pu que déplacer le problème. Qu'y a-t-il de changé ? Qu'importe si la connexion sujet-objet de l'homme et de l'univers est mise à la place du sujet pur. Sujet ou connexion existent l'un et l'autre. La connexion est un des faux-jours possibles.

Je regrette que l'intelligence n'ait pas la sensibilité douloureuse des dents... une cervelle souffreteuse est mon partage, mais je suis seul...

L'intelligence reconnaissant sa condition dérisoire doit encore expliquer, selon les lois de l'explication, comment cette condition lui est échue ! Pour cette dernière opération, n'étant pas plus armée, elle ne l'est pas cependant moins que pour les autres.

La cohésion à l'intérieur d'un domaine réduit, la possibilité de prévisions sûres, le caractère absolu des rapports de nombre, l'homme adhère à ces faibles appuis comme l'enfant aux bras d'une mère. Quel sens aurait la cohésion et l'absolu des nombres s'il était un au-delà — tout autre — qui les enferme? Et quel sens s'il n'en était pas? si cette cohésion était tout? Pour qui défaille, la cohésion, l'absolu ne font que grandir l'angoisse: nul repos, nulle certitude, même la non-adhérence est douteuse. Le réel, le possible, la cohésion, et l'au-delà de la cohésion, cernent l'homme de tous côtés comme ferait un ennemi harcelant: guerre sans paix ni trêve imaginables, sans victoire ni défaite à désirer... Nous appelons la vérité définitive, nous rêvons de la paix, mais c'est la guerre encore une fois.

Je me vois dans la nuit détaché de moi-même. Une haute montagne s'élève, un vent froid siffle: rien n'abrite du vent, du froid, de l'obscurité. Je gravis une pente infinie, je vacille. À mes pieds s'ouvre un vide en apparence sans fond. Je suis ce vide, en même temps la cime que la nuit dérobe et qui tout entière est présente. Mon cœur est caché dans cette nuit comme une nausée incertaine. Je sais qu'au lever du soleil je mourrai.

Peu à peu la lumière envahit l'absence du ciel, d'abord comme un malaise. À la longue le malaise écœure et le jour se lève. Je saisis que, dans la nausée, mon cœur dissimule le soleil, que je hais maintenant. Lentement le soleil monte dans la lumière. Mourant, je ne puis plus crier: car le cri que je vocifère est le silence sans fin.

Ce que les chrétiens ne veulent pas saisir : leur attitude d'enfant, leur absence de virilité devant Dieu ; si nous nions Dieu — mais alors seulement — nous sommes virils ; c'est là-dessus, non dans les abstractions des théologiens, que repose la définition du terme, la définition de Dieu.

Entendu un prêtre à la radio, voix d'enfant humble, seule admissible pour un prêtre.

Contrairement à ce qui, d'habitude est admis, le langage n'est pas la communication, mais sa négation, du moins sa négation relative, comme dans le téléphone (ou la radio).

Rien que de pauvre en matière de pensée, de morale, si n'est pas glorifiée la nudité d'une jolie fille ivre d'avoir en elle un sexe masculin[1]. Se détourner de sa gloire est détourner les yeux du soleil.

La dureté intellectuelle, le sérieux, la volonté tendue dans l'abandon. Une virilité entière. Éloigner ce qui est bon, pitoyable et mou — en tout cas de la vie intellectuelle. Il n'importe pas que la fille *doive* être belle ni que sa conduite amène sa déchéance.

Le fait que nous ne pouvons persévérer dans la luxure, mais seulement rencontrer des lignes de chances, puis être rejetés, et dès lors, payer le plaisir éprouvé de nombreux ennuis — indique que la luxure est défavorable à l'intégrité. Mais dans la mesure où

---

1. Dans l'édition de 1944, j'avais dû remplacer deux mots par des points (*Note* de 1960).

l'intégrité de l'être est une harmonie dans la suite du temps, il faut dire que la volonté d'harmonie mène à la négation mensongère. Elle mène au camouflage de *ce qui est.*

Je me soucie des autres à peu près de la même façon que si j'avais charge d'âme! Une femme est sur la pente du pire, je manque de cœur et ne puis supporter ni la femme ni la pente!

L'orgueil (la présomption) des uns entraîne ceux qui suivent. La connaissance est engagée dans un égarement chronique. Je considère la suite des changements de la pensée comme un seul mouvement solidaire. L'égarement commencé, nous devons subir ses conséquences et ne pas manquer à l'orgueil. Même l'égarement accompli du non-savoir — de la chute dans la nuit — exige une orgueilleuse fermeté. Dussé-je alors justifier mon orgueil indûment, disant que l'orgueil des autres est indu.

Le principe de Nietzsche (tenez pour faux ce qui ne vous a pas fait rire au moins une fois) est lié en même temps qu'au rire à la *perte de connaissance extatique.*

II

L'ATTRAIT DU JEU

La douleur a formé mon caractère. Douleur, maî-
tresse d'école et l'enfant a l'onglée.
— Tu n'es rien sans la douleur!
Je pleure — à cette idée : être un déchet! Je gémis et,
prêt à prier, ne puis me résigner.

L'instant d'après, je serre les dents, les desserre et j'ai
sommeil.
La dent douloureuse, la cervelle abêtie.
J'écris, j'appelle : l'espoir de la délivrance achève de
m'endolorir.

Ignorant tout de l'être que je suis — de cette sorte de
bête —, ne sachant rien au monde. N'en plus pouvoir
la nuit, me cogner la tête aux murs, chercher un chemin, non par assurance, mais condamné, me cogner,
saigner, tomber, demeurer à terre... N'en pouvant plus,
deviner les tenailles où j'aurais les doigts rompus, la
fonte rougie brûlant la plante des pieds. Aucune issue
sinon les tenailles ou la fonte. Pas de compromis, pas
d'échappatoire. La fonte, les tenailles ne m'attein-
draient pas? mon corps du moins serait justifiable
d'elles. Ce corps ne peut *en vérité* être séparé de la fonte

rougie. Il ne peut en être *en vérité* séparé. (Nous ne pouvons non plus le séparer de la tête.)

Mais si la douleur instamment promise me laisse à la
longue indifférent? Du moins aspiré-je au repos. Ne
plus songer à rien, être au soleil, libre de soucis. Comment ai-je pu, jadis, avoir des heures absolument
fraîches, au bord des rivières, dans les bois, les jardins,
au café, dans ma chambre? Sans parler des joies convul-
sives.

Un glissement, la perspective de la pente, une
molaire arrachée, l'insensibilisation ne joue pas. L'horrible instant!

Que serait-ce, à quel point j'aurais été lâche sans
l'espoir que la cocaïne jouerait? Rentré chez moi, je
saigne abondamment. J'introduis ma langue dans le
trou : un bout de viande est là, c'est un caillot de sang
qui grossit et déborde. Je le crache : un autre le suit.
Les caillots ont la consistance de la morve et le goût de
mauvaises nourritures. Ils encombrent la bouche. J'imagine en dormant échapper au dégoût, ne plus être
tenté d'enlever, de cracher ces caillots. Je m'endors, me
réveille au bout d'une heure : le sang, dans le sommeil,
a ruisselé de ma bouche inondé l'oreiller et les draps
— : les plis des draps cachent des caillots à demi séchés,
ou glaireux et noirs. Je demeure ennuyé, fatigué. J'imagine une hémophilie, suivie peut-être de mort : pourquoi pas! Je ne veux pas mourir, ou plutôt je pense : la
mort est sale. J'éprouve un dégoût grandissant. Je dispose une cuvette au pied du lit pour éviter d'aller cracher aux cabinets. Le feu du poêle est mort : l'idée de
rallumer ce feu me déprime. Je ne puis m'endormir à
nouveau. C'est long. Un peu de somnolence de temps à

autre. À cinq ou six heures du matin, je me décide à rallumer le feu : je veux employer ce temps d'insomnie, me débarrasser d'une besogne déprimante. Je dois vider le poêle de son contenu de charbon éteint. Je m'y prends mal, la chambre est vite jonchée de charbon cendreux, de mâchefer, de cendres. Une cuvette émaillée pleine de sang, de caillots, d'éclaboussures, les draps souillés de flaques rouges ; épuisé d'insomnie, je saigne encore et la saveur des caillots glaireux, d'heure en heure me dégoûte davantage. À la fin, j'allume le feu, les mains noires de charbon, souillées de sang, des croûtes de sang sur les lèvres, une épaisse fumée de houille emplit la chambre et j'ai, comme toujours, le plus grand mal à faire prendre un combustible rebelle. Aucune impatience, pas plus d'angoisse que d'autres jours, une triste avidité de repos.

Peu à peu le vacarme, les gros rires et les chansons se perdaient dans l'éloignement. L'archet rendait encore une note mourante qui diminuait sans cesse de sonorité et qui finit par s'évanouir comme un son indistinct dans l'immensité des airs. Parfois on entendait un heurt rythmé sur la route, quelque chose qui ressemblait au grondement d'une mer lointaine, puis il n'y eut plus rien, rien que le vide et le silence.

N'est-ce pas de la sorte que la joie, hôte aussi charmant qu'inconstant, s'envole loin de nous, et c'est en vain alors qu'un son isolé prétend exprimer la gaîté ? Car dans son propre écho il ne perçoit que tristesse et solitude et vainement on lui prête délibérément l'oreille.

GOGOL, *Veillées de l'Ukraine.*

Nous ne pouvons *savoir* si l'homme en général est chance ou malchance. Le fait de nous en tenir à une vérité de combat révèle un jugement ambigu, liant la chance à ce que nous sommes, la malchance à une peste incarnée dans les méchants. Un jugement clair accueille au contraire le fait du mal et le combat du bien contre le mal (la blessure inguérissable de l'être). Dans le jugement ambigu, la valeur n'est plus conditionnelle, le bien — que nous sommes — n'est pas une chance, mais un dû, c'est l'être répondant au devoir être : toutes choses sont combinées, truquées, semble-t-il arrangées par un Dieu en vue de fins indiscutables.

L'esprit humain est construit de telle manière qu'il ne puisse faire entrer la chance en ligne de compte, sinon dans la mesure où les calculs qui l'éliminent permettent de l'oublier, *de n'en plus tenir compte*. Mais, allant jusqu'au bout, la réflexion sur la chance dénude justement le monde de l'ensemble des prévisions où l'enferme la raison. Comme celle de l'homme, la *nudité* de la chance — qui décide en dernier ressort, en définitive — est obscène, écœurante : elle est, en un mot, *divine*. Suspendu à la chance, le cours des choses dans l'univers n'est pas moins déprimant que le pouvoir absolu d'un roi.

Mes réflexions sur la chance sont *en marge* du développement de la pensée.

Nous n'en pouvons faire cependant de plus arrachantes (de plus décisives). Descendant au plus profond, elles tirent la chaise de celui qui, du développement de la pensée, attendit la possibilité de s'asseoir, de se reposer.

Nous pouvons, nous devons réduire à la raison, ou, par la science, à la connaissance raisonnée, une partie de ce qui nous touche. Nous ne pouvons supprimer le fait qu'en un point, toute chose et toute loi se décidèrent selon le caprice du hasard, *de la chance*, la raison n'intervenant, à la fin, que dans la mesure où le calcul des probabilités l'autorise.

Il est vrai, la toute-puissance de la raison limite celle du hasard : cette limitation suffit en principe, le cours des choses obéit *longuement* à des lois, qu'étant raisonnables, nous discernons, mais il nous échappe aux extrêmes.
Aux extrêmes, la liberté se retrouve.

Aux extrêmes, la pensée ne peut accéder !
Dans les limites des possibilités qui nous appartiennent, elle n'y accède, du moins, que de deux manières :
1) il lui est loisible d'apercevoir, et, fasciné, de contempler l'étendue ouverte des catastrophes. Le calcul des probabilités en restreint la portée, mais il en annule d'autant moins le sens (ou plutôt, le non-sens) qu'humainement, la mort fait de nous les ressortissants de cet empire ;
2) une part de la vie humaine échappant au travail accède à la liberté : c'est la part du jeu qui admet le contrôle de la raison, mais détermine, dans les limites de la raison, de brèves possibilités de saut par-delà ces limites. C'est le jeu, qui, de même que les catastrophes, est fascinant, qui permet d'entrevoir, positivement, *la séduction vertigineuse de la chance*.

Je saisis l'objet de mon désir : je me lie même à cet objet, je vis en lui. Il est aussi certain que la lumière : comme à la nuit la première étoile vacillante, il émerveille. Qui voudrait connaître avec moi cet objet, devrait se faire à mon obscurité : cet objet lointain est étrange et pourtant familier : il n'est pas de jeune fille aux fraîches couleurs qui respirant des fleurs ne l'ait touché. Mais sa transparence est telle qu'il est terni d'un souffle et qu'une parole le dissipe.

Un homme trahit la chance de mille façons, de mille façons il trahit « ce qu'il est ». Qui oserait affirmer que jamais il ne succombera aux rigueurs d'une tristesse puritaine ? Il trahirait encore n'y succombant pas. La trame de la chance accorde à chaque maille l'ombre et la lumière. C'est me traquant, me mutilant, sur un chemin d'horreur, de dépression, de refus (au surplus de désordres, d'excès) que la chance me toucha, la légèreté, la totale absence de poids de la chance (fût-ce un instant s'appesantir est perdre la chance). Je ne l'aurais pas trouvée la cherchant. Parlant je ne doute pas déjà de trahir : je n'échappe à la trahison que me moquant de trahir moi-même ou que d'autres le fassent. Je suis en entier, toute ma vie et mes forces sont vouées à la chance : ce n'est en moi qu'absence, inanité..., rire et si gai. La chance : j'imagine dans la tristesse de la nuit la pointe d'un couteau entrant dans le cœur, un bonheur excédant, à n'en plus pouvoir...

> *Trop de jour trop de joie trop de ciel*
> *la terre trop vaste un cheval rapide*
> *j'écoute les eaux je pleure le jour*

> *la terre tourne dans mes cils*
> *les pierres roulent dans mes os*
> *l'anémone le ver luisant*
> *m'apportent la défaillance*

dans un suaire de roses
une larme incandescente
annonce le jour.

Deux mouvements de nature opposée cherchent la chance, l'un de rapt, de vertige; l'autre d'accord. L'un veut l'union brutale, érotique; la malchance se précipite voracement sur la chance, la consume, ou du moins l'abandonne, la marquant du signe néfaste : un moment embrasé — la malchance suit son cours ou s'achève dans la mort. L'autre est divination, volonté de lire la chance, d'en être le reflet, de se perdre dans sa lumière. Le plus souvent, les mouvements contraires se composent. Mais si nous cherchons l'accord cherché dans l'aversion de la violence, la chance est abolie comme telle, engagée dans un cours régulier, monotone; la chance naît du désordre et non de la règle. Elle exige l'aléa, sa lumière scintille dans l'obscurité noire; nous lui manquons la mettant à l'abri du malheur et l'éclat l'abandonne dès qu'on lui manque.

La chance est plus que la beauté, mais la beauté tire son éclat de la chance.

L'immense multitude (la malchance) fait sombrer la beauté dans la prostitution.

Il n'est pas de chance qui ne soit souillée. Il n'est pas de beauté sans fêlure. Parfaites, la chance ou la beauté ne sont sont plus ce qu'elles sont, mais la règle. Le désir de la chance est en nous comme une dent douloureuse, en même temps que son contraire, il veut la trouble intimité du malheur.

Nul ne pourrait imaginer sans la douleur une consumation de la chance en un temps de foudre et la chute qui suit la consumation.

La chance, idée arachnéenne et déchirante.

La chance est difficile à supporter; il est commun de la détruire et de sombrer. La chance se veut *impersonnelle* (ou c'est la vanité, l'oiseau en cage), insaisissable, mélancolique, elle se glisse dans la nuit, comme un chant...

Je ne puis me représenter de mode de vie *spirituelle*, sinon impersonnel, dépendant de la chance et jamais d'une tension de la volonté.

J'ai vu sur un toit de grands et solides crochets, dressés à mi-pente. À supposer un homme tombant du faîte, par chance il pourrait s'accrocher à l'un d'entre eux par le bras ou la jambe. Précipité du faîte d'une maison, j'irais m'écraser au sol. Mais qu'un crochet soit là, je pourrais m'arrêter au passage !

Un peu après, je pourrai me dire : « Un architecte un jour a prévu ce crochet sans lequel je serais mort. Je devrais être mort : il n'en est rien, je suis en vie, l'on avait mis un crochet. »
Ma présence et ma vie seraient inéluctables : mais je ne sais quoi d'impossible, d'inconcevable en serait le principe.

J'aperçois maintenant, me représentant l'élan de la chute que rien n'est dans le monde sinon pour avoir rencontré un crochet.

D'ordinaire nous évitons de voir le crochet. Nous nous prêtons à nous-mêmes un caractère de nécessité. Nous le prêtons au monde, à la terre, à l'homme.

Le crochet ordonnant l'univers, je me suis abîmé dans un jeu de miroir infini. Ce jeu avait le même principe que la chute bloquée par un crochet. Irait-on plus loin dans l'intimité des choses? Je tremblais, je n'en pouvais plus. Un ravissement intime, énervant jusqu'aux larmes : je renonce à décrire ce sabbat; toutes les orgies du monde et de tous les temps confondues dans cette lumière.

Le dirai-je? Il importe si peu : depuis qu'à nouveau j'accède à la chance, le ravissement m'est accessible au point qu'en un sens, il n'a plus cessé. J'éprouve rarement le besoin de m'en assurer : je le fais par faiblesse. Quelquefois par nonchalance, en pleine impureté, dans l'attente de la mort.

Ce qui leva l'angoisse en moi : toute valeur était chance, il dépendait de chances qu'elle existe, il dépendait de chances que je la trouve. Une valeur était l'accord d'un certain nombre d'hommes, la chance animant chacun d'eux, la chance les accordant, la chance dans leur affirmation (ni volonté, ni calcul, si ce n'est après coup). J'imaginais cette chance, non sous une forme mathématique, mais comme une touche accordant l'être à ce qui l'entoure. L'être lui-même étant l'accord, accord avec la chance elle-même en premier lieu. Une luminosité se perd dans l'intime et le possible de l'être. L'être se perd, souffle suspendu, réduit au sentiment du silence, l'accord est là, qui fut parfaitement improbable. Les coups de chance mettent l'être en jeu, ils se succèdent, ils enrichissent l'être en puissance d'accord avec la chance, en pouvoir de la révéler, de la créer (la chance étant l'art d'être ou l'être, l'art d'accueillir la chance, de l'aimer). Peu de distance entre l'angoisse, le sentiment de la malchance, et l'accord : l'angoisse est nécessaire à l'accord, la malchance à la chance, l'insomnie de la mère au rire de l'enfant.

Une valeur qui ne serait pas fondée sur la chance serait sujette à contestation.

L'extase est liée à la connaissance. J'accède à l'extase, à la recherche d'une évidence, d'une valeur incontestable, données d'avance, mais que, dans mon impuissance, je n'avais pas su trouver. Ce qui peut être enfin l'objet de mon savoir répond à la question de mon angoisse. Je vais prophétiser : je vais à la fin dire et savoir « ce qui est ».

Si la volonté d'angoisse interroge seule, la réponse, si elle vient, veut que soit maintenue l'angoisse. La réponse est : l'angoisse est ton destin : tu ne saurais, tel que tu es, savoir ce que tu es, ni ce qui est — ni rien. Seules à cette défaite définitive échappent la platitude, le trompe-l'œil, la tricherie dans l'empire de l'angoisse.

L'angoisse certaine de son impuissance n'interroge plus ou son interrogation reste sans espoir : un mouvement de chance n'interroge jamais, et se sert à cette fin du mouvement contraire, de l'angoisse, sa complice, qu'il épouse, sans laquelle il dépérirait.

La chance est l'effet d'une mise en jeu. Cet effet n'est jamais le repos. Sans cesse remise en jeu, la chance est la *méconnaissance* de l'angoisse (dans la mesure où l'angoisse est désir de repos, de satisfaction). Son mouvement mène à la seule véritable fin de l'angoisse : à l'absence de réponse ; il ne peut venir à bout de l'angoisse, car afin d'être chance, et rien d'autre, il lui faut *désirer* que subsiste l'angoisse et que la chance demeure en jeu.

S'il ne s'arrêtait en chemin, l'art épuiserait le mouvement de la chance ; l'art serait alors autre chose que l'art et davantage[1]. La chance, toutefois, ne peut s'appesantir ; la légèreté la met à l'abri de ce « davantage ». Elle veut la réussite inachevée, vite privée de sens, qu'il sera temps bientôt de quitter pour une autre. À peine apparue sa lumière s'éteint, à mesure qu'une autre naît. Elle veut être jouée, rejouée, mise en jeu sans finir en de nouveaux coups de parties.

La chance personnelle a peu de chose à voir avec la chance ; sa recherche est le plus souvent le mauvais mariage de la vanité et de l'angoisse. La chance est telle à la condition d'une transparence impersonnelle, d'un jeu de communications qui la perd sans fin.

La lumière de la chance est maintenue en veilleuse dans les réussites des arts, mais la chance est femme, elle attend qu'on enlève sa robe.

La malchance ou l'angoisse maintiennent la possibilité de la chance. Il n'en est pas de même de la vanité ni de la raison (et, généralement, des mouvements qui retirent du jeu).

---

1. En fait, l'art se dérobe. La plupart du temps, un artiste, en principe, se borne à sa spécialité. S'il en sort, c'est parfois pour servir une vérité plus importante à ses yeux que ne l'est l'art lui-même. Un artiste, le plus souvent, ne veut pas voir que l'art lui propose de créer un monde semblable à celui des dieux, ou, de nos jours, semblable à Dieu (*Note* de 1960).

La beauté fugitive, suffocante, incarnant la chance en un corps de femme, est atteinte dans l'amour, mais la possession de la chance demande les doigts légers, insaisissants, de la chance elle-même. Rien n'est plus contraire à la chance (à l'amour) qu'interroger, trembler, vouloir exclues les chances défavorables, rien n'est plus vain que la réflexion épuisante. J'accède à l'amour dans une indifférence envoûtée, le contraire insensé de l'indifférence. La pesanteur est si exclusive de la passion qu'autant n'y jamais réfléchir. L'amour seul horizon est faiblesse, comédie ou soif de souffrir. La chance appelle un désordre au travers duquel se nouent et se renouent ses liens. L'emphase, les partis pris, les règles de l'amour en représentent la négation *malgré laquelle* il est brûlant (mais nous répondons à la chance en mettant contre nous des « chances » *de notre plein grê*).

— Fût-ce un instant s'appesantir est perdre la chance. — Toute philosophie (tout savoir excepte la chance) est réflexion sur un résidu atone, sur un cours régulier sans chance ni malchance. Reconnaître la chance[1] est le suicide de la connaissance : La chance, cachée dans le désespoir du sage, naît du ravissement de l'insensé. — Mon assurance se fonde sur la sottise de mes semblables (ou sur l'intensité de mon plaisir). Si je n'avais auparavant épuisé, mesuré, retourné le possible de l'esprit, qu'aurais-je à dire ? — Un jour, *je tenterai la chance* et, me déplaçant comme un sylphe sur des œufs, je donnerai à croire que je marche : ma sagesse semblera magique. Il se peut que je ferme la porte aux

---

1. Rien à voir avec le calcul des probabilités. (*Note de* 1959.)

autres — à supposer qu'atteindre la chance exige de *n'en rien savoir*! — L'homme détient une ligne de chance lisible dans ses « coutumes », une ligne qu'il est lui-même, un état de grâce, une flèche tirée. Les animaux se sont joués, l'homme se joue, c'est la flèche rayant l'air, je ne sais où elle tombera, je ne sais où je tomberai.

De peu de choses, l'homme a plus de peur que du jeu.

Il ne peut s'arrêter en chemin. Mais j'ai tort de dire l'*homme*... Un homme est aussi le contraire d'un homme : la mise en question sans finir de ce que désigne son nom !

Nul ne s'oppose à la malchance consumant la chance orageusement, sinon cédant à l'avarice de la chance. L'avarice est plus hostile à la chance, elle la ruine plus entièrement que l'orage. L'orage révèle la nature de la chance, il la dénude, il en exhale la fièvre. À la lueur équivoque de l'orage, l'impureté, la cruauté et le sens pervers de la chance apparaissent ce qu'ils sont, parés d'une magie souveraine.

Chez une femme, la chance est reconnaissable à la trace, lisible sur les lèvres, de baisers donnés dans une heure d'orage à la mort.

La mort est en principe un contraire de la chance. Toutefois la chance se lie parfois à ce contraire : ainsi la mort peut-elle être la mère de la chance.

D'autre part, la chance, en cela différente de la rareté mathématique, se définit par la volonté qu'elle exauce. La volonté, de son côté, ne peut être indifférente à la chance qu'elle appelle. Nous ne pourrions concevoir la volonté sans la chance qui l'accomplit, ni la chance sans la volonté qui la cherche.

La volonté est la négation de la mort. Elle est même indifférence à la mort. Seule l'angoisse introduit le souci de la mort, en paralysant la volonté. La volonté s'appuie sur la certitude de la chance, contraire à la crainte de la mort. La volonté devine la chance, elle la lie, elle est la flèche tirée vers elle. La chance et la volonté s'unissent dans l'amour. L'amour n'a d'autre objet que la chance et seule la chance a la force d'aimer.

La chance est toujours à la merci d'elle-même. Elle est toujours à la merci du jeu, toujours en jeu. Définitive, la chance ne serait plus la chance. Réciproquement, s'il y avait au monde un être définitif, il n'y aurait plus de *chance* en lui (la chance en lui serait morte).

La foi irraisonnée, l'embrasement de la chance attirent la chance. La chance est donnée dans sa chaleur même, non dans le hasard extérieur, objectif. La chance est un état de grâce, un don du ciel, elle permet de jeter les dés, sans retour et sans angoisse.

L'attrait de l'achevé tient à son caractère inaccessible. L'habitude de tricher pare du vêtement de la chance un être définitif.

Ce matin, la phrase « chez une femme, la chance... » m'a déchiré. L'idée que les mystiques donnent de leur état répond seule à ma déchirure.

Je n'en puis douter maintenant : la chance est ce que l'intelligence doit appréhender pour se limiter à son domaine propre, à l'action. De même la chance est l'objet de l'extase humaine, étant le contraire d'une réponse au désir de savoir.

L'objet de l'extase est l'absence de réponse du dehors. L'inexplicable présence de l'homme est la réponse que la volonté se donne, suspendue sur le vide d'une inintelligible nuit ; cette nuit, d'un bout à l'autre, a l'impudence d'un crochet.

La volonté saisit sa propre mise en flammes, elle discerne en elle-même un caractère de rêve, une chute d'étoile, insaisissable dans la nuit.

De la chance à la poésie, la distance tient à l'inanité de la poésie prétendue. L'usage calculé des mots, la négation de la poésie, détruit la chance, il réduit les choses à ce qu'elles sont. La perversion poétique des mots est dans la ligne d'une beauté infernale des visages ou des corps, que la mort réduit à rien.

L'absence de poésie est l'éclipse de la chance.

La chance est, comme la mort, le douloureux « pincement de l'amant, que l'on désire et qui fait peur ». La chance est le point douloureux où la vie coïncide avec la mort : dans la joie sexuelle, dans l'extase, dans le rire et dans les larmes.

La chance a le pouvoir d'aimer la mort, et pourtant ce désir la détruit (moins sûrement que la haine ou la peur de la mort). Le tracé de la chance est difficile à suivre : à la merci de l'horreur, de la mort, mais il ne peut s'en détacher. Sans l'horreur, sans la mort, en un mot sans le *risque* de l'horreur, de la mort, où serait l'enchantement de la chance ?

« Il n'est pas de jeune fille aux fraîches couleurs, respirant des fleurs, qui ne l'ait touchée. Toutefois, sa transparence est telle qu'on la ternit d'un souffle et qu'une parole la dissipe. » Discerner dans le plus petit mouvement l'audace d'un jeu, je ne puis le faire dans l'angoisse : dans l'angoisse la fleur est fanée, la vie a l'odeur de la mort.

Vivre est follement, mais sans retour, jeter les dés. C'est affirmer un état de grâce et non s'embarrasser des suites possibles. Dans le souci des suites, commencent l'avarice et l'angoisse. La seconde tient à la première, elle est le tremblement que donne la chance. Souvent l'angoisse punit une avarice naissante, l'engageant dans sa perversion accomplie, qu'est l'angoisse.

La religion est la *mise en question* de toutes choses. Les religions sont les édifices qu'ont formés les réponses variées : sous le couvert de ces édifices, une mise en question sans mesure se poursuit. De l'histoire des religions différentes subsiste en entier la question, à laquelle il fallut répondre ; profondément, l'inquiétude est restée, les réponses se sont dissipées.

Les réponses sont les coups de dés, heureux ou malheureux, sur lesquels s'est jouée la vie. La vie s'est même si naïvement jouée qu'elles ne pouvaient être aperçues comme des résultats du hasard. Mais l'enjeu seul était la vérité de la réponse. La réponse appelait le renouvellement du jeu, maintenait la mise en question, la mise en jeu. En second lieu, pourtant, la réponse retire du jeu.

Mais si la réponse est la chance, la mise en question ne cesse pas, l'enjeu ne cesse pas d'être entier, la réponse est la mise en question elle-même.

La chance appelle la vie *spirituelle* : elle est l'enjeu le plus entier. Dans les atteintes traditionnelles de la chance — des cartes à la poésie — nous ne pouvons que l'effleurer. (Écrivant, je reçois de la chance une touche brûlante, arrachante, durant peu d'instants, sur le lit où j'écris ; je demeure figé, ne pouvant rien dire, sinon qu'il faut l'aimer jusqu'au vertige : à quel point la chance s'éloigne, dans cette appréhension, de ce qu'en apercevait ma vulgarité !)

Rien n'excède plus violemment les limites de l'*entendement*. À la rigueur, nous pouvons nous représenter l'extrême intensité, la beauté et la nudité. Rien d'un être doué de la parole, rien de Dieu, souverain seigneur...

Quelques instants plus tard, déjà, le souvenir en est inconsistant. Une vision de cette nature ne peut être insérée dans ce monde. Elle se lie à cet énoncé : « ce qui est là, qui cependant reste insensé, est *impossible* ». *Ce qui est là* : la fragilité même ! alors que Dieu

est le fondement : ce qui n'aurait, en aucun cas, pu ne
pas être.

Ma curiosité intellectuelle met la *chance* hors de mon
atteinte : je la cherche, elle me fuit, comme si je venais
de lui manquer.

Et pourtant à nouveau... Cette fois je l'ai vue *dans sa
transparence*. Comme si rien n'était, sinon dans cette lim-
pidité — dans la suspension du crochet. Rien, sinon ce
qui aurait pu, aurait dû ne pas être, et qui meurt, se
consume et se joue. La transparence m'apparaissait
dans une lumière neuve : précaire elle-même, en question ne pouvant exister *qu'à ce prix*.

Le ciel au coucher du soleil m'éblouit, m'émerveille,
mais ce n'est pas un être pour autant.
Imaginer une femme incomparablement belle et
morte : elle n'est pas un être, elle n'est rien de saisissable. Personne n'est dans la chambre. Dieu n'est pas
dans la chambre. Et la chambre est vide.

La chance a la nature d'une flèche. Elle est cette
flèche-ci, différant des autres, et mon cœur seul en est
blessé. Que je tombe pour mourir, et c'est elle enfin :
elle et nulle autre. Mon cœur a le pouvoir de la faire *elle*.
Elle n'est plus distincte de moi.

Comment *reconnaître* la chance, sans avoir à son intention disposé d'un amour *qui se cache* ?
Un amour insensé la crée, se jetant à la tête en
silence. Elle tombait du haut du ciel, comme la foudre,
et c'était *moi* ! gouttelette brisée par la foudre, un court
instant : plus brillante qu'un soleil.

Je n'ai en moi, ou devant moi, ni Dieu, ni être : mais d'incertaines *conjonctions.*

Mes lèvres rient : de *reconnaître* la chance en elles : la chance !

« *Je suis probablement perdu, se dit Thomas. Je n'ai plus assez de force pour attendre, et si je pouvais espérer surmonter encore quelque temps ma faiblesse, tant que je n'étais pas seul, maintenant je n'ai plus de raison de faire de nouveaux efforts. Évidemment, il est triste d'arriver tout près du but sans pouvoir le toucher. Je suis sûr que si j'atteignais ces dernières marches, je comprendrais pourquoi j'ai lutté en vain en cherchant quelque chose que je n'ai pas trouvé. C'est une malchance et j'en meurs.* »

Maurice Blanchot, Aminadab, p. 217-218.

« *Ce n'est que dans cette dernière pièce, placée au sommet de la maison, que la nuit se déroule complètement. Elle est généralement belle et apaisante. Il est doux de n'avoir pas à fermer les yeux pour se délivrer des insomnies du jour. Il est aussi plein de charme de trouver dans l'obscurité du dehors les mêmes ténèbres qui depuis longtemps ont à l'intérieur de soi-même frappé de mort la vérité. Cette nuit a des caractères particuliers. Elle ne s'accompagne ni des rêves ni des pensées prémonitoires qui parfois remplacent les songes. Mais elle est elle-même un vaste rêve qui n'est pas à la portée de celui qu'elle recouvre. Lorsqu'elle aura enveloppé ton lit, nous tirerons les rideaux qui ferment l'alcôve, et la splendeur des objets qui se révéleront alors sera digne de consoler l'homme le plus malheureux. À ce moment, moi aussi, je deviendrai vraiment belle. Alors que maintenant ce faux jour m'enlève beaucoup d'attrait, j'apparaîtrai à cette heure propice telle que je suis. Je te regarderai lon-*

guement, je m'étendrai non loin de toi, et tu n'auras pas besoin de m'interroger, je répondrai à toutes tes questions. D'ailleurs, en même temps, les lampes dont tu voulais lire les inscriptions seront tournées du bon côté, et les sentences qui te feront tout comprendre cesseront désormais d'être indéchiffrables. Ne sois donc pas impatient; à ton appel, la nuit te rendra justice et tu perdras de vue tes peines et tes fatigues.

« — Une question encore, dit Thomas qui avait écouté avec un vif intérêt : les lampes seront-elles allumées ?

« — Naturellement non, dit la jeune fille. Quelle sotte question ! Tout s'enfoncera dans la nuit.

« — La nuit, dit Thomas d'un air songeur; alors je ne te verrai pas ?

« — Sans doute, dit la jeune fille; que pensais-tu donc ? C'est justement parce que tu seras perdu pour tout de bon dans les ténèbres, et que tu ne pourras plus rien constater par toi-même, que je te mets tout de suite au courant. Tu ne peux pas espérer à la fois entendre, voir et te reposer. Je t'avertis donc de ce qui se passera lorsque la nuit t'aura révélé sa vérité et que tu seras en plein repos. N'est-il pas très agréable pour toi de savoir que dans quelques instants tout ce que tu as désiré apprendre se lira sur les murs, sur mon visage, sur ma bouche en quelques mots simples ? Que cette révélation ne t'atteigne pas toi-même, c'est à la vérité un inconvénient, mais l'essentiel est d'être sûr que l'on n'a pas lutté en vain. Représente-toi dès maintenant la scène : je te prendrai dans mes bras et je te murmurerai à l'oreille des paroles d'une extraordinaire importance, d'une importance telle que tu serais transformé si jamais tu les entendais. Mon visage, je voudrais que tu puisses le voir, car c'est alors, alors mais pas avant, que tu me reconnaîtras, que tu sauras si tu as trouvé celle que tu crois avoir cherchée dans tous tes voyages et pour laquelle tu es entré miraculeusement ici, miraculeusement, mais inutilement; pense à la joie que ce serait; tu as désiré par-dessus tout la revoir, et lorsque tu as

*pénétré dans cette maison où il est si difficile d'être reçu, tu
t'es dit que tu approchais enfin du but, que tu avais
surmonté le plus difficile. Qui aurait pu montrer autant
de ténacité dans la mémoire? Je le reconnais, tu as été
extraordinaire. Alors que tous les autres, dès qu'ils mettent
le pied ici, oublient l'existence qu'ils ont menée jusqu'alors,
tu as gardé un petit souvenir et tu n'as pas laissé
perdre ce faible indice. Évidemment, comme tu n'as pu empê-
cher beaucoup de souvenirs de s'estomper, tu es encore pour
moi comme si mille lieues nous tenaient séparés. C'est à
peine si je te distingue et si j'imagine qu'un jour je saurai
qui tu es. Mais tout à l'heure nous serons définitivement
unis. Je m'étendrai les bras ouverts, je t'enlacerai, je roule-
rai avec toi au milieu des grands secrets. Nous nous per-
drons et nous nous retrouverons. Il n'y aura plus rien pour
nous séparer. Quel dommage que tu ne puisses assister à ce
bonheur! »*

Aminadab, p. 239-241.

Se mettre en jeu « soi-même » ou se mettre « en
question ».

Nul n'est, dans la recherche d'un objet mineur, en
question « lui-même » (sa mise en question est alors
suspendue). L'amour d'un objet mineur, l'objet
fût-il un enchaînement de mots déchirant, fait obstacle à la déchirure de l'être (à moins que, la
déchirure atteinte, la phrase n'étant plus l'objet
attendu mais la transition, soit l'expression de la
déchirure).

Dans l'amour éperdu de la chance, il n'est rien qui
ne soit en jeu. La raison elle-même est en jeu. Si la
faculté discursive intervient, la limite du possible est sa
seule limite.

La chance actuelle de l'être humain résulte de la mise
en jeu des chances naturelles ou physiologiques (les
heureuses proportions de l'homme, intellectuelles,
morales, physiques). La chance acquise est l'enjeu
d'une mise en question incessante.

Mais la chance à la fin se purifie se libère des objets
mineurs, se réduit à l'intimité de la chance. Elle n'est
plus la réponse heureuse — entre mille autres — à la
simple mise en jeu. À la fin, la réponse est la chance
elle-même (le jeu, la mise en question infinie). La
chance est à la fin la mise en jeu de tout le possible, elle
dépend de cette mise en jeu (au point de n'en pouvoir
être distincte).

Nul n'arrive à ce point que blessé, qu'épuisé. La vie
ne peut se maintenir à cette hauteur, et toujours le sol
manque à la fin sous les pieds. Qui pourrait décider si
c'est la chance — ou la malchance? Mais tout, au plus
léger doute, est perdu.

Le bien serait la hache d'abattoir du juge, s'il n'était
de lui-même en question.

Qui retirerait, fût-ce un instant, le bien du jeu baise-
rait le bas de la robe du juge.

Le bien ne respire, lui et les siens, que dans le souffle
de *l'amok*. Le bien baise dans la boue l'empreinte du
pied de *l'amok*.

Si je dis que le bien est la mise en jeu, je fais battre un
cœur dans la pierre.

L'idée de *bien*, vivante en moi, y a la place de l'« homme au crochet ». Un crochet de hasard a disposé d'elle. Isolée de la pente du toit, du glissement, de la chute, du crochet, l'idée de *bien* est glacée. J'appartiens au jeu : nulle idée n'est en moi qu'aussitôt, sa « mise en jeu » ne l'anime.

Dieu expose l'horreur d'un monde où il n'est rien qui ne soit joué, rien à l'abri. Au contraire, la multitude des êtres aléatoires répond à la possibilité d'un jeu illimité. Si Dieu était (s'il était une fois pour toutes, immuablement), au sommet disparaîtrait la possibilité du jeu.

Ne m'aimant plus, j'aime un nuage gris, le ciel gris. La chance, qui me fuit, se jouerait dans le ciel. Le ciel : lien oblique m'unissant à ceux qui respirent sous son étendue ; m'unissant même aux êtres à venir. La question de la multitude des êtres particuliers, de quelle façon la supporter ?

Hanté par l'idée de savoir le mot de l'énigme, un homme est un lecteur de roman policier : pourtant l'univers pourrait-il ressembler au calcul qu'un romancier doit faire à notre mesure ?

Il n'y a pas de mot de l'énigme. Rien n'est concevable en dehors de l'« apparence », la volonté d'échapper à l'apparence aboutit à changer d'apparence, il ne nous rapproche nullement d'une vérité *qui n'est pas.* En dehors de l'apparence, il n'y a rien. Ou : en dehors de l'apparence, *il y a la nuit.* Et : dans la nuit, *il n'y a que la nuit.* S'il y avait dans la nuit *quelque chose*, que le langage exprimerait, ce serait encore la nuit. L'être est lui-même réductible à l'apparence ou n'est rien. L'être est l'absence que les apparences dissimulent.

La nuit est une représentation plus riche que l'être. La chance sort de la nuit, elle retourne à la nuit, elle est la fille et la mère de la nuit. La nuit n'est pas, la chance non plus n'est pas. La chance étant ce qui n'est pas, réduit l'être à la déchéance de la chance (une chance qui, retirée du jeu, cherche la substance). L'être est, selon Hegel, la notion la plus pauvre. Mais la chance, selon moi, la plus riche. La chance est ce par quoi l'être se perd dans l'au-delà de l'être.

J'appelle mise en jeu le monde vu de la nuit du non-savoir. Ceci diffère des lois suivant lesquelles le monde est mis en jeu.

Des vérités jouées comme des chances, misées sur le mensonge de l'être : elles se jouent, elles seront rejouées. Les vérités exprimant l'être ont besoin d'être immuables.

Que signifie : « j'aurais pu être un tel... » ; un peu moins fou : « si j'étais Dieu » ? Une répartition définitive des êtres, garantie par Dieu, lui-même distinct des autres, n'est pas moins terrifiante que le vide, au moment où mon corps pourrait s'y jeter. Impossible à Dieu de passer l'éponge, d'effacer des différences de rêve ! à lui qui, d'évidence, en est la négation ! Dieu serait à l'abri de la répartition. *Dieu n'est pas moi* : cette proposition me fait rire à tel point que, dans la solitude de la nuit, je m'arrête : un rire si franc rend ma solitude déchirante. « Pourquoi ne suis-je pas Dieu ? » Ma réponse, puérile : « Je suis moi. » Mais « pourquoi suis-je

moi? » « Si je n'étais pas moi, ne serais-je pas Dieu? »
Ma terreur est grande : je ne sais rien, me retenant à
une poignée de tiroir, je la serre entre les os des doigts.
Si Dieu se disait lui-même à son tour : « pourquoi suis-je
moi? » ou « pourquoi n'être pas cet homme qui écrit? »
ou « n'importe qui? » Dois-je conclure : « Dieu est un
être sans questions, Dieu est un *moi* connaissant la raison pour laquelle il doit être ce qu'il est » ? Je lui ressemble si je suis bête. Au point où j'en suis, combien ma
terreur serait grande, *si j'étais lui*. Seule mon humilité
rend tolérable mon impuissance. Si j'étais tout-puis-
sant...

Dieu est mort : il l'est au point que je ne pourrais
faire entendre sa mort qu'en me tuant.

Le mouvement naturel de la connaissance me limite à
moi-même. Il me fait croire que le monde va finir avec
moi. Je ne puis m'attarder à ce lien. Je m'égare ou me
fuis, me néglige et ne puis revenir à mon attachement
pour moi-même, sinon par le détour de ma négligence.
Je ne vis qu'à la condition de me négliger, je ne tiens à
moi qu'à la condition de vivre.

Le petit moi! je le retrouve : familier, fidèle,
s'ébrouant : c'est bien *lui*. Mais le vieux chien n'a plus le
désir d'être pris au sérieux. À la rigueur, il aime mieux,
cela satisfait sa malice, avoir l'apparence un peu folle
d'un chien des contes, et même, dans ses mauvais jours,
d'un spectre de chien.

Je n'avais pour ainsi dire, avant de naître, aucune
chance de venir au monde. Je me reporte à l'histoire
des heures, des minutes de ma famille, j'évoque les ren-

contres sans lesquelles *je* ne serais pas : elles furent *infiniment peu* probables.

La supercherie la plus risible : étant au monde dans ces conditions, l'homme a conçu un Dieu à son image ! un Dieu disant moi de lui-même !

Imaginer Dieu : être séparé des autres, il dit de lui-même MOI, mais ce MOI n'a pas eu d'échéance, il n'est le résultat d'aucune échéance. Une telle absurdité transpose à l'échelle de la totalité la notion que nous avons de nous-mêmes. Dieu est la sorte d'impasse où le monde — qui nous détruit, qui de la même manière détruit à mesure ce qui est — enferme notre moi pour lui donner l'illusion d'un salut possible. Ce moi mêle ainsi l'éblouissement de n'être plus au rêve d'échapper à la mort.

Si nous revenons à la simplicité, le Dieu de la théologie n'est que la réponse à la nostalgie qu'a le *moi* d'être enfin *retiré du jeu*.

Jamais le Dieu de la théologie et de la raison ne se met en jeu. Sans fin, l'insoutenable *moi*, que nous sommes, se joue ; sans fin, la « communication » le met en jeu.

L'échéance elle-même — l'origine — est « communication », les gamètes glissent l'un dans l'autre au cœur de l'orage sexuel.

La chance joue les êtres en des conjonctions — où deux par deux, parfois davantage, ils rêvent, agissent, s'aiment, s'exècrent, se dominent, s'entretuent.

Un homme, avant la conjonction, s'oublie lui-même attiré par l'être aimé. Comme la pluie ou la foudre suspendues, l'enfant échoit dans cette conjonction orageuse.

Dans un sacrifice, la malchance « consume la chance orageusement », elle marque l'officiant « du signe néfaste » (elle le rend sacré). Le sacrifiant toutefois n'est pas malchance, mais il emploie la malchance aux fins d'une chance. En d'autres termes, une consumation de la chance par la malchance est parfois chance dans l'origine et le résultat. Sans doute est-ce le secret de la chance : nul ne peut la trouver que la jouant, nul ne la joue jamais si bien que la perdant.

Les prostituées, les organes du plaisir sont marqués « du signe néfaste ». La malchance est un verre au contenu affreux : il m'y faut mettre le doigt. Pourrais-je sans cela recevoir la décharge de la chance ? En moi le rire et la foudre se jouent, mais à peine, épuisé, me retirai-je de l'horrible jeu : l'orage, un fracas de rêve, un arrêt du cœur, font place au vulgaire sentiment du vide.

En un moment de désarroi, d'inquiétude, où je cherchais éperdument ce qui me lie à la chance, je devais encore tuer le temps. Je ne voulais pas alors succomber au froid. Pour ne pas succomber, je voulus trouver le réconfort dans un livre, mais les livres que j'aurais pu lire étaient lourds, hostiles ou trop tendus — à l'exception des poèmes d'Emily Brontë.

L'insaisissable créature répondait :

> *le grand rire du Ciel éclate sur nos têtes,*
> *la Terre n'a jamais de regret pour l'Absence.*

Elle parlait du temps

> *où ses cheveux de fin soleil*
> *se mêleraient sous terre aux racines de l'herbe.*

1942-1943.

La Divinité du rire

I

L'ÉCHÉANCE

Si l'homme est une échéance, ce qui échoit n'est pas réponse à la question : c'est une question qui échoit. L'homme interroge et ne peut fermer la plaie qu'une interrogation sans espoir ouvre en lui : « *Qui suis-je ? que suis-je ?* »

Je suis, l'homme est — la mise en question de ce qu'il est, de l'être où qu'il soit, la mise en question sans limite ou l'être devenu la mise en question de l'être lui-même.

Toute échéance, en ce qu'elle échoit (en ce qu'elle aurait pu ne pas échoir telle), a pour fin la mise en question ? La possibilité d'un nombre infini de réponses différentes (à la place de la réponse qu'elle est, jamais échues, ne devant jamais échoir) en maintient le caractère de mise en question. Chaque échéance (chaque être) est le cri de la mise en question, elle est l'affirmation de l'aléatoire, de l'*éventuel*. Mais l'homme est davantage : la mise en question n'est pas en lui seulement comme en chaque étoile (ou comme en chaque animacule), l'homme conjugue tous les modes de la mise en question dans les formes de sa

conscience, finissant par se mettre lui-même — se
réduire — en question sans réponse.

Comme échéance, l'homme est celle de la mise en
question, devenant un être subjectivement (tendant à
son autonomie dans la nature, ainsi se concevant elle-
même dans le rire).

Le développement ultime de la connaissance est
celui de la mise en question. Nous ne pouvions sans fin
donner le pas à la réponse... au savoir... : le savoir au
dernier degré laisse devant le vide. Au sommet du
savoir, je ne sais plus rien, je succombe et j'ai le vertige.

II

L'ENVIE DE RIRE

Toujours j'ai reculé devant l'échéance : j'avais peur d'être *ce que j'étais* : LE RIRE MÊME !

Lentement la fièvre... une obscurité grandit, le monde est en travail, veines des tempes tendues, sueur froide... Et les yeux brûlants, la bouche sèche, un mouvement trouble hâte dans ma gorge les mots qui m'étouffent. Je n'ai pas détourné les yeux (quelquefois, je l'aurais voulu...).

La chance de l'un insulte le malheur de l'autre. Ou bien la chance a honte et se dissimule. Il se noue un malaise malade et je suis au cœur du malaise.

Si je ris maintenant, je puis payer ce rire au prix de douleurs excessives. Je puis rire du fond d'une misère infinie. Je puis rire aussi bien maintenu par la chance.

Ah ! puissé-je en mourir... On meurt sans phrases aujourd'hui. Le dernier acte est dur — évidemment. Qu'ai-je à dire d'autre ?

Poe et Baudelaire au niveau de l'impossible : je les aime et brûle du même feu. Aurai-je plus de force ou *plus de conscience*?

Poe et Baudelaire mesuraient l'impossible comme des enfants : très Don Quichotte et blancs de peur.

« Rattrape ta volonté que les rats rongent! »

Ma volonté : m'étendre au soleil, à l'ombre, lire, un peu de vin (et ce gosier avide de nourriture chaude, et grasse), des paysages brumeux, ensoleillés, déserts, riants, écrire enfin, rédiger un livre (atteindre à cette fin la rigueur, une maîtrise contradictoire avec ma bienveillance, ma puérilité, je forme en vain le dessein d'écrire, sinon dans la mesure où je suis ébranlé). Je me propose une trêve, un accord avec moi-même.

Ma volonté : le ruisseau qui s'écoule. Je suis à peine un homme. Armé de dents? je bâille. Magistral, je démontre...? je rêve. Et je m'écoule, ignorant qui je suis, sinon que je m'enivre et que j'enivre.

Évidemment, je ne puis rien *posséder* (il m'est nécessaire toutefois de manger, de boire, parfois de ne rien faire : à cette fin, le hasard, la chance... que pourrais-je sans la chance).

Immense aléa.

L'alternance (du ruisseau qui s'écoule et de l'aigle au-dessus des eaux). Méandres. Indescriptible paysage, touffu, varié, fait de discordance et « riant ». En lui tout déconcerte. Le malaise suit la détente comme un chien, comme un chien fou, faisant des cercles, apparaissant, disparaissant. Je parle de rire.

À ma droite, un pignon de brique creuse. Un grand hyménoptère, bourdonnant, entre dans un creux comme dans sa maison. Au sommet du pignon, le ciel est bleu, il est violent, tout est brisé, j'ai le sentiment de l'inexorable — que j'aime. Je suis d'accord avec l'inexorable. Mon père aveugle, désespéré, et cependant, les yeux perdus vers le soleil. Ma fenêtre domine la vallée (de très haut comme à N.). Sans abri, d'accord, extatique, *comme si le sang me coulait des yeux.*

Se tenir intangible à une vérité rationnelle? Attitude de N. (socratique). Pas mon affaire.

Je me jette à l'eau. L'eau (engloutissante) est le temps. Mais il me faut lutter contre l'attirance du repos. Parfois le repos est impossible : aussitôt, il m'attire et je suis dans l'angoisse. S'il est facile, le danger, reculé, n'en est pas moins grand.

Nécessité de l'alternance.

Nécessité, au besoin, du danger fabriqué — *de l'angoisse* — afin de maintenir le mouvement. L'angoisse, autant que la peur, inévitable, *a l'avantage* d'ôter le repos, quand bien même, en principe, il serait possible.

L'angoisse est là, *faute d'action.*

L'action est l'effet de l'angoisse et la supprime.

Mais dans l'angoisse, il y a plus que le souci d'un danger exigeant l'action en réponse. L'angoisse est la peur, elle est en même temps le désir de se perdre (un être isolé doit se perdre, il doit, en se perdant, communiquer). L'angoisse et le sentiment du danger réel se mêlent : ils sont d'habitude confondus. Parfois, je *fuis* la pure angoisse dans l'action, d'autres fois, il n'est pas d'action qui réponde à la peur motivée : nous lui répondons alors comme si c'était l'angoisse (en particulier dans les formes primitives : sacrifices à des fins utiles, quand seule l'action...).

Différents moments de la nage dans les eaux du temps :

  a 1) souci réel ;

  a 2) action (dépense d'énergie productive) ;

  a 3) détente ;

  b 1) angoisse ;

  b 2) perte de soi partielle, explosive... (dépense improductive, délire religieux, mais les catégories religieuses se mêlent d'action, l'érotisme est autre chose, le rire atteint l'innocence divine...) ;

  b 3) détente ; etc.

Différentes erreurs.

Elles tiennent apparemment, les unes et les autres, à la peur de nager.

L'un veut passer du souci, ou de l'angoisse, au repos sans agir. L'autre aime mieux le souci (ou l'angoisse), il a le repos en horreur. Un autre est enferré dans l'action sans relâche, un autre encore obsédé de jouir. Personne ne *sait* ce qu'est la *nage*. Les méthodes sont contraires à la *nage* : chacune d'elles la *désapprend*. La nage : le chaos, le désordre même ; à peu de chose près (la conscience), c'est la maladie, la névrose... Personne ne sait nager, nous ne pouvons que *nous laisser aller* à la nage : *nous ne pouvons vouloir le souci ni l'angoisse*. Nous sommes rétifs au point que l'éducation, les morales que nous nous donnons sont faites pour nous convaincre — contre l'évidence — de l'inanité du souci, de l'angoisse. Si, indéfiniment, les entreprises humaines réussissaient, le souci et l'angoisse seraient bannis, mais, pour autant, l'homme ne s'accorderait pas à l'écoulement du temps; il n'en serait que la négation. La réussite dans la mesure où elle a lieu donne un placage, une façade (la vie d'une petite fille riche...).

La part de l'action utile et celle de la perte...

Autrefois l'homme tentait d'obvier au souci par une perte (le sacrifice religieux), il tente aujourd'hui d'obvier à l'angoisse à l'aide de l'action utile. L'attitude présente est plus sensée (l'ancienne était puérile). Une attitude vraiment virile ferait une part à la perte *non plus grande, mais plus consciente.*

Je ne puis *justifier* ce principe : *l'angoisse irréductible.* En de tels cas, nous refusons de reconnaître l'*injustifié,* quelque inévitable qu'il soit.

Tous ces jours-ci, je changeais d'angoisse,... l'une suivant l'autre. Je dis l'angoisse pour l'appréhension du malheur, l'angoisse nue, évidemment, n'a pas d'objet, sinon que l'être est dans le temps, qui le détruit. La confusion est nécessaire. J'introduis une distinction : l'angoisse est l'effet d'un désir engendrant lui-même, *du dedans,* la perte de l'être ; la crainte, l'appréhension, le souci, autant d'effets grossiers causés *du dehors* et portant sur des besoins (conservation, nutrition, etc.), mais sans doute, à chaque appréhension nouvelle, ce qu'un être dissimule d'angoisse abyssale (de désir) peut s'éveiller.

Le besoin menacé est-il celui de la jouissance accrue, l'angoisse est plus proche que dans des états plus simples, comme la faim, comme la peur d'un danger immédiat, communs aux animaux et aux hommes. L'insensible passage de l'accroissement à la perte est impliqué par un principe : *la perte a pour condition le mouvement de croissance,* qui ne peut être indéfini, ne se résout que dans la perte. C'est à l'état animal, le plus simple, la reproduction asexuée.

Une perte partielle est pour l'être un moyen de mourir en survivant. Il est fou de vouloir éviter l'horreur de la perte. Le désir appelle l'horreur possible — à la limite de l'intolérance. Il s'agit d'approcher la mort d'aussi près qu'on peut l'endurer. Sans défaillir — s'il le faut, même en défaillant.

... et, s'il le faut, même en mourant.

L'alternance des six temps (groupés en deux mouvements : souci, action, détente — angoisse, perte, détente) implique dans le double mouvement l'alternance de la charge et de l'émission, de la puissance et de l'impuissance. Mais alors qu'existent s'opposant l'action et la perte, faciles à discerner, le souci est souvent mêlé à l'angoisse. Si bien qu'il faut simplement dire : il est nécessaire, alternant, d'agir *en premier lieu,* la perte supposant l'action, la charge préalables — *puis* de perdre. L'action sans le souci ne serait pas concevable. La perte tient à la profondeur abyssale de l'angoisse. Il ne peut y avoir de rythme aisé. Le déchirement — jamais voulu — est introduit — du dehors par le souci, au-dedans par l'angoisse — au-dedans, mais en dépit d'une volonté consciente, qui n'est que mise en œuvre de l'*action.*

Relisant des passages écrits l'an dernier, je me souviens : je sentais la mort, j'avais le froid dans l'âme. Pas d'angoisse, mais le froid, la fatigue d'être *moi*, sans bonheur, sans excès. Mais Dieu ? Dans ma détresse, son absence n'était plus soutenable : les passages relus voulaient qu'*elle* me prenne à la gorge, ils démontraient *la présence de Dieu*. Dieu vit, Dieu m'aime... ainsi tranchait mon sentiment d'effroi. Sur le moment s'annulait ce que j'avais éprouvé de contraire, s'annulait ou semblait s'annuler.

Je pensai tout d'abord ce matin, dans mon lit, que Dieu *était*, puis doucement que moi, Dieu ou son absence n'étions pas moins l'un que l'autre *risibles* : apparences risibles.

Comment, sans force juvénile, hélas ! atteindre la divinité du rire... Mais la jeunesse a trop de sang ! l'impétuosité d'un *moi* la borne.

Accord au bout du compte avec l'homme simple, jeune et sain, ennemi né de la chinoiserie. Désaccord avec le chrétien, l'intellectuel, l'esthète.

Allant jusqu'au bout, le chrétien, l'intellectuel, l'esthète se dissolvent : il n'en est plus question.

Toujours même absence d'harmonie, de raison. Tantôt heureux, buvant, riant. Plus tard à la fenêtre, sans souffle, sous le clair de lune baignant la vallée, la terrasse aux lignes de buis. Un peu après, jeté à terre, sur le carreau froid de la chambre, implorant la mort à voix basse.

Les fleurs si belles dans les bois, l'épuisement de la
guerre (oppressant), les désordres divers, les besognes,
la nourriture, toutes choses me paralysent, me bous-
culent, m'annulent.

Avec la chute du jour cesse l'agitation angoissée : je
vais sur la terrasse m'étendre dans la chaise-longue. Des
chauves-souris tournent, filant comme aveugles, elles
sortent du bûcher, de la chambre où nous nous lavons,
rasant les toits, les arbres, les visages. Le ciel est pur et
pâlit, des hauteurs en ondulations s'étendent au loin,
par-delà le calme des vallées. Je décris soigneusement,
avec insistance, ces lieux où j'imagine passer l'année : la
maison étroite au milieu de toits délabrés se hérissant,
se dominant les uns les autres, une longue bande de ter-
rain que divise une allée de buis forme terrasse : cette
terrasse, au-dessus des remparts du village, domine
l'étendue des forêts des collines.

Après une longue détente, l'*absence* du ciel étoilé me
fit rire.

Dans l'angoisse, chacune des difficultés rencontrées
est insurmontable. Mais nulle si je suis détendu.

La détente commencée, je me sentais diminué : ne
pouvant faire l'amour, physiquement malade, véritable loque. Dans le rire aux étoiles revient la vie
explosive...

Le premier effet de l'angoisse en moi : sentiment
d'une impuissance à faire entrer dans le temps les actes
nécessaires. L'accord avec le temps rompu, et le
remords en découlant, sentiment de ma déchéance.
Directement en rapport avec le fait d'écrire ce carnet :

je suis en faute à l'égard du projet formé — au lieu de rire à l'unisson du temps.

Nécessité, par alternance, de se lier au temps en agissant — mais l'action comme le rire demande la détente préalable (c'est le secret du mouvement, de l'enchaînement rapide des mouvements).

Je ne pourrais trouver ce que je cherche dans un livre, encore moins l'y mettre. J'ai peur de rechercher la poésie. La poésie est une flèche tirée : si j'ai bien visé, ce qui compte — que je veux — n'est ni la flèche ni le but, mais le moment où la flèche se perd, se dissout dans l'air de la nuit : jusqu'à la mémoire de la flèche est perdue.

Rien à mes yeux n'est plus embarrassant que la réussite.

Dans la réussite, il faut bien impliquer l'approbation des données naturelles, et dans l'approbation quelque équivalence de Dieu, qui rassure et satisfasse.

Il est vrai : le rire est une réussite si bizarre. L'action, le souci, répondent aux données naturelles : dans le rire est levé le souci : l'armature éclate qu'avait mise en ordre l'action.

Pourtant, réussir est résoudre un problème. L'existence s'impose à moi comme une énigme à résoudre. La vie, je l'ai reçue comme une épreuve à surmonter. J'ai grand mal à ne pas m'en faire quelque fabuleux récit. Tout est difficile : il faut dénuder l'énigme, lui retirer le caractère humain. Même s'il est vrai qu'un piège soit tendu, que tout vienne de machinations, ce serait présomption de ma part de l'imaginer tel. L'apparence est l'absence de raison d'être : la possibilité d'une

raison s'introduit comme un doute sur l'absence de raison, c'est tout. Le reste est fatuité, vertige, désespoir
famélique ou dévot.

Je ne puis avoir de respect pour Jésus, bien au
contraire un sentiment complice, en haine de l'apa-
thie, des visages éteints. Le même désir de mouvements aisés, brûlants, qui paraissaient impossibles.
Peut-être aussi? la même ironie naïve (une confiance éperdue, s'abandonnant, mêlée de lucidité malade).

Cela jette un pénible jour sur la condition humaine
que Dieu naisse du sentiment de notre misère. Nous ne
pouvons supporter la détresse. Le sentiment de
l'absence de Dieu se lie à l'horreur des béatitudes.

Et toujours *moi*! mon temps, ma vie, en ce moment,
ici : suis-je le vent agitant les épis? un chant d'innombrables oiseaux? l'abeille m'aperçoit, des nuages
aveugles...

Ma joie inintelligible, le fond du cœur, l'araignée
nègre... Les coquelicots des champs, le soleil, les étoiles,
puis-je être plus, autre qu'un cri dans les fêtes du ciel?
Je descends en moi-même : j'y trouve un deuil éternel,
la nuit... la mort... et le désir du deuil, de la nuit, de la
mort.
Mais la peine, l'amertume, le TRAVAIL, les villes sans
fêtes, les têtes courbées, l'aboiement des ordres (la
haine), les servitudes qui sont des sentines?
Comme la mouche malheureuse, obstinée à la vitre,
je me tiens aux confins du possible et me voici moi-
même perdu dans les fêtes du ciel, soulevé par un rire

infini. Mais LIBRE... (mon père me répétait souvent —
alarmé de la « mauvaise tête » en moi — « le travail,
c'est la liberté »)... émancipé de la servitude par la
CHANCE.

Mais le travail, la liberté, la chance, ce n'est que
l'horizon terrestre de l'homme. L'univers est LIBRE, il
n'a rien à faire. Comment la chance — ou le rire —
pourraient-ils s'y trouver? La philosophie — prolongeant la chance au-delà d'elle-même — se situe dans la
différence entre l'univers et le « travailleur »
(l'homme). Contre Hegel : Hegel a poursuivi l'identité
du sujet-travailleur avec l'univers son objet.

Hegel élaborant la philosophie du travail (c'est le
Knecht, l'esclave émancipé, le travailleur, qui dans la *Phénoménologie* devient Dieu) a supprimé la chance — et le
rire.

(Riant *à ma façon*, j'ai senti dans la contraction du rire
je ne sais quoi de douloureux, d'agonisant. C'était terrible et délicieux. C'était *sain.*)

Faute de malchance, il ne peut y avoir de chance *dans
l'univers* (l'homme se révèle ainsi l'univers à lui-même).
Mais l'homme — ou la chance — n'accède pas à lui-
même de plain-pied. La chance le décourage : il la divi-
nise (la nie, la crucifie, la cloue à la nécessité). Le
besoin d'*assurer* la chance, de l'éterniser, est la malédic-
tion de la chance d'os et de chair, l'apothéose de son
ombre portée. La chance est d'abord reçue comme une
déroute, un mouvement d'effroi lui répond, suivi d'un
refuge dans les larmes : puis lentement, terriblement,
les larmes rient.

Parallèlement à la douloureuse « métamorphose des larmes » s'est poursuivi, laissé comme un sédiment par l'agitation des eaux, le travail de la raison. Le Dieu théologique est à l'interférence de ces mouvements.

Hier, l'immense bourdonnement des abeilles montant dans les marronniers comme un désir d'adolescent vers les filles. Corsages dégrafés, rires d'après-midi, le soleil m'illumine, il m'échauffe, et, riant à mort, il éveille en moi l'aiguillon de guêpe.

Chaque être est inséré dans l'ordonnance du monde (l'instinct des animaux, les coutumes des hommes), chacun emploie le temps comme il convient. Moi pas, « mon » temps, d'habitude, est béant, béant en moi comme une blessure. Tantôt ne sachant que faire et tantôt me précipitant, ne sachant où commence, où finit ma besogne, m'agitant fébrile et désordre, à demi distrait. Pourtant, *je sais m'y prendre...* Mais l'angoisse est latente et s'écoule en forme de fièvre, d'impatience, d'avarice (peur imbécile de *perdre* mon temps).

J'approchais du sommet... tout est brouillé. À l'instant décisif, j'ai toujours autre chose à faire.

Commencer, oublier, ne jamais « aboutir »..., selon moi, la méthode est la bonne, la seule à la mesure d'objets qui *lui* ressemblent (qui ressemblent au monde).

Mais quand, mais comment mourrai-je ? ce que, sans doute, d'autres sauront un jour et que jamais je ne saurai.

Un paysan dans sa vigne laboure et jure contre un cheval : ses menaces criées font passer dans la campagne printanière une ombre néfaste. Ce cri en rejoint d'autres : un réseau de menaces assombrit la vie. Comme les jurons des charretiers, des laboureurs, les prisons, le travail à la chaîne enlaidissent tout : les mains, les lèvres charbonneuses avant l'orage...

Je n'ai pas de repos, n'ai plus d'occupation. Je suis pauvre, je dépense de plus en plus. Je le supporte mal (m'en tire de moins en moins). Je vis « à la petite minute », ne sachant pas, souvent, que faire l'instant d'après. Ma vie est le mélange de tout, du jouisseur et du toton, du luxe, des épluchures.

Je hais l'angoisse qui : *a*) me fatigue ; — *b*) me rend la vie à charge, me laisse incapable de vivre ; — *c*) me retire l'innocence. L'angoisse est culpabilité. Le mouvement du temps demande la puissance, le repos. La puissance se lie au repos. Dans la sexualité, l'impuissance naît d'agitations excessives. L'innocence est d'ailleurs une idée abstraite, l'absence de culpabilité ne peut être négative : elle est *gloire.* Le contraire, à la rigueur : l'absence de gloire est la culpabilité. Coupable signifie sans accès à la gloire.

Je vais dormir. À l'avance, mes rêves me serrent le cœur. Je me souviens de ceux des nuits passées, débris s'en allant en poussière. Ce que j'aime : les fleurs, l'éclat du jour, la douceur de l'épaule...

J'appelle à moi la force juvénile, l'élan, la beauté grave ou gracile d'un chant. Et, vieillissant les mâles mélancolies de la musique.

Ce que j'aimais d'absurde, de bizarre, c'était l'éclat, le désir d'aveugler, c'était la vie folle et facile.

Plus folle et plus anxieuse est la beauté, plus pénible est le déchirement. De toute façon, la peine des hommes a l'étendue de la misère. Mais dans la gloire, la peine et l'angoisse se consument.

À la moindre défaillance : le mouvement de la vie n'est plus tolérable. La possibilité de la défaillance est la base. Le rire le plus timide absorbe une défaillance infinie.

J'écris à l'aube. Comme si le cœur m'allait manquer.

Dans la mesure où quelque possibilité de gloire ne me fascine pas, je suis un déchet misérable.

Je surmonterai même de mesquines difficultés, l'inviabilité, l'impuissance. J'ai un peu peur d'un rire qui me déchirerait d'une horrible joie, si folle que je pense au couteau d'un meurtre.

Le plus amer est pour moi le malentendu qui défigure le mot de « gloire ».

Mais nul ne peut nier ce qui lie l'existence humaine à ce que désigne le mot. Il est vain de hausser les épaules : les mensonges dont le mot fut l'occasion n'altèrent pas le sentiment que nous en avons. Il faut aller au fond, où se révèle la vérité physique.

Toute la terre a parlé, vécu de gloire, et non seulement de gloire armée. Le soleil est glorieux, le jour est glorieux. Ce qui est glorieux ne peut être lâche. Il ne s'ensuit pas que la gloire se réduise à la dorure d'entreprises inavouables. Elle est là où s'affirme la vie : il dépend de la chance, ou de la volonté des hommes, qu'ils l'affirment de l'une ou de l'autre façon.

Ne plus abandonner la gloire aux lubies d'hommes futiles, qui la morcèlent comme les enfants leurs jouets, puis en battent monnaie, en font une foire à l'encan. Retirée d'une circulation comique ou sordide, il subsiste d'elle une flamme juvénile, consumant l'être, l'animant d'un mouvement fier, *l'accordant au désir des autres*.

Une fidèle réponse au désir de tous est glorieuse quoi qu'il arrive. Mais la vanité tirée de la gloire en est la flétrissure.

J'enseigne la morale la plus heureuse, et pourtant la plus difficile. D'autant qu'on n'en surmonte pas les difficultés par l'effort : il n'est pas de menace ni de fouet qui vienne à l'aide du « pécheur ».

J'ai peu d'espoir. Ma vie m'épuise... J'ai du mal à sauver mon humeur d'enfant (l'enjouement du rire). La confiance et la naïveté sont cruelles, elles évitent de voir l'effort tendu sous la menace. Personne à travers mes difficultés ne persisterait. Je pourrais préférer la mort. Au bout de mes forces nerveuses...

Je ne m'oppose pas moins que Hegel au mysticisme poétique. L'esthétique, la littérature (la malhonnêteté

littéraire) me dépriment. Je souffre du souci de l'indivi-
dualité et de la mise en scène de soi (à laquelle il
m'arriva de me livrer). Je me détourne de l'esprit vague,
idéaliste, élevé, allant à l'encontre du terre-à-terre et des
vérités humiliantes.

Difficulté élémentaire. L'état de lucidité où je suis
maintenant (que lève l'angoisse au moment le plus fort)
exclut la détente, sans laquelle je n'ai plus le pouvoir de
rire. L'action commande ma lucidité actuelle. D'où
l'impossibilité d'un état de perte. Je ne pourrais rire à
nouveau qu'ayant retrouvé la détente et, pour l'instant,
je n'y songe pas.

Au lieu de m'épuiser dans les contradictions des états
de perte, à travers lesquels il est fatal de nager à contre-
courant — sans volonté, par jeu, par coups de dés —,
j'essaierai de montrer l'action commandant ces états.

III

RIRE ET TREMBLEMENT

Mais qui rirait à mort? (L'image est folle, je n'en ai pas d'autre.)

Si ma vie se perdait dans le rire, ma confiance serait ignorante et par là serait une totale absence de confiance. Le rire éperdu sort de la sphère accessible au discours, c'est un saut qui ne peut se définir à partir de ses conditions. Le rire est suspendu, le rire laisse en suspens celui qui rit. Nul ne peut s'y tenir : le maintien du rire est la lourdeur ; le rire est suspendu, n'affirme rien, n'apaise rien.

Le rire est le saut du possible dans l'impossible — et de l'impossible dans le possible. Mais ce n'est qu'un saut : le maintien serait la réduction de l'impossible au possible *ou l'inverse.*

Refuser le « maintien » d'un saut : le repos d'un mouvement !

Il est nécessaire d'agir dès l'instant où l'on ne peut ni « sauter », ni rester en place.

Ma vie brisée, hachée, vécue dans la fièvre, sans rien qui l'ordonne, ou qui l'aide du dehors, cet enchaînement de peurs, d'angoisses et de joies exaspérées, exige un possible, une modalité accessible, une action par laquelle répondre au désir. Il m'est nécessaire non seulement d'aimer, mais de connaître un moyen d'action me menant où je puisse aimer. Je dois descendre dans ces détails.

La condition du « rire » est de *savoir* résoudre les difficultés ordinaires de la vie. Il est décisif, peut-être, d'apercevoir dans le rire cette nécessité étrangère à la tragédie : l'esprit dans l'attitude tragique est accablé, à demi chrétien (c'est : soumis à la misère inévitable), abandonné aux suites de la déchéance. L'héroïsme est une attitude fuyante : le héros échappe au malheur dont il accable le vaincu. L'érotisme n'est lié que dans le mariage au souci d'une solution heureuse. Le mariage le rejette d'habitude dans la marge, l'irrégularité, les situations fausses ou néfastes. L'érotisme incline d'ailleurs à l'absence de solution qu'est l'héroïsme. Le rire banal — mineur — est rejeté comme l'érotisme en marge et, comme lui, n'a qu'une place furtive.

La rire dont je parlerai rejette nécessairement le malheur : il ne peut être furtif ; il limite l'horizon, le possible de l'homme.

Dans le calme, nous pouvons, tour à tour, nous lier au rire, à l'excitation sexuelle, à des spectacles angoissants. Il faut dans le malheur aimer plus fermement. Souvent le malheur engage l'attitude héroïque. Ou les platitudes nées de sentiments tragiques (l'humilité chrétienne). L'amour lié au rire — où tout est suspendu — où nous ne comptons plus que sur la chance — est difficilement accessible : il demande la pire tension. Dans ce cas, la tension n'a pas le rire pour fin, mais la lutte contre des conditions défavorables. (J'ai dit « l'amour » : l'amour de la vie, du possible et de l'impossible, non d'une femme...)

Ce qui fonde l'attitude poétique est la confiance donnée aux arrangements naturels, aux coïncidences, à l'inspiration. La condition humaine est, à la rigueur, réductible à la contestation de la nature par elle-même (à la mise en question de l'être par lui-même). Contestation donnée dans l'ordonnance aveugle (dans le jeu d'éléments différenciés). La vie humaine se lie à la lucidité — qui n'est pas donnée du dehors, acquise dans des conditions contraires — lucidité faite de contestations d'elle-même sans relâche, à la fin se dissolvant dans le rire (dans le non-savoir). La lucidité, la contestation, ne peuvent manquer d'atteindre à la conscience des limites — où les résultats relatifs vacillent, où l'être est la mise en question de soi-même.

Dans la représentation de ce jeu, — où l'être est mis par lui-même en question, — un ralentissement du mouvement donnerait l'illusion d'une satisfaction accessible, et d'une lucidité sans défaut. À vrai dire, la « lucidité » — sans défaut — ne peut s'arrêter un instant sur elle-même : elle se détruit en épuisant sa possibilité. En aucun moment de son développement la lucidité n'est indépendante de la mise en question, son dernier résultat est un point nécessaire à la mise en question dernière.

Aux premières étoiles, étendu et crispé... Je me lève, ôte mes vêtements, mes chaussures et passe une robe de chambre. Je descends détendu sur la terrasse. De là j'ai regardé le « monde » avec l'idée de répondre gaiement — fièrement, follement — avec la précision voulue, aux difficultés angoissantes.

Je me réveille après minuit, sans savoir, couvert d'une suée d'angoisse. Je me lève, dehors le vent fait rage, le ciel est étoilé. Je descends jusqu'au bout de la terrasse. J'avale dans la cuisine un verre de vin rouge. J'aperçois une difficulté à laquelle nulle action précise ne répond : si je subis la conséquence d'une erreur. Je suppose mon erreur imbécile ou coupable — mais irréparable — : c'est la situation du remords...

La transparence résout le remords. Mais la transparence ne résoudrait rien si elle ne portait l'existence à l'intensité du rire (comme le fer est porté à l'incandescence).

Dans le rire, l'extase est déliée, immanente. Le rire de l'extase ne *rit pas,* mais il m'ouvre infiniment. Sa transparence est traversée de la flèche du rire, issue d'une mortelle absence. Une aussi folle ouverture implique à la fois l'amour de la flèche et l'aisance née d'un sentiment de triomphe.

Je célèbre en riant les noces de l'échec et de la puissance : le sentiment de puissance témoigne du succès d'un élément naturel contre la nature — élément mettant la nature en question — mais la nature l'emporterait, elle échapperait à la mise en question, si l'élément, l'emportant sur elle, en l'emportant la justifiait, par sa réussite : ce serait le triomphe de la nature, non celui de la mise en question de la nature. La *mise en question* veut encore l'échec, elle veut la *réussite de l'échec* (que ce soit l'échec qui réussisse) : la pure lucidité ne peut en ce sens aller jusqu'au bout, elle n'est pas réussite de la déchirure ! La mise en question glisse à l'indécision d'interférences et de brisures, comme le rire.

Je ne sais quoi de béant et de mortellement blessé, dans le rire, est la violente mise en suspens que la nature fait d'elle-même.

Quand l'homme l'emporte sur la nature, il échoue en même temps, devenant celui que la nature satisfait. L'homme est toujours danaïde essoufflée.

L'extrême lucidité n'est pas donnée dans une lucidité immédiate, mais dans une défaillance de la lucidité : la nuit tombe, aussitôt la connaissance est possible (l'humour de la fièvre à la fin d'*Aminadab*, où l'existence se détache des perspectives classiques — idéalistes, chrétiennes).

La mise en question est le fait de l'être isolé. La lucidité — et la transparence — sont le fait de l'être isolé.

Mais dans la transparence, dans la gloire, il se nie comme être isolé !

Dans la mesure où l'être isolé se regarde comme une existence naturelle, sans apercevoir dans sa solitude le déchirement de toutes choses — et de lui-même — qu'il est —, il est en équilibre avec la nature. C'est enfin le repos de l'être isolé — la contestation cesse.

Engagé dans les voies de la mise en question : je lutte contre l'épuisement sans relâche. Ces voies remontent le courant naturel qu'à tout moment j'aimerais descendre. D'autant que la mise en question dérobe infiniment les résultats cherchés : jouir d'un résultat c'est redescendre. Le monde humain semble naturel, étant fait d'érosions presque en entier.

Je ne pourrais d'ailleurs monter sans redescendre. Les mots *monter, descendre,* manquent d'exactitude. Je monte en descendant. En moi-même la nature s'oppose à la nature. Je ne mets la nature en question qu'à la condition d'être *elle.* Les domaines en apparence les moins naturels — les bureaux, la sphère juridique, l'outillage... — ont vis-à-vis de la nature une indépendance relative. Ils coexistent et ne peuvent mettre en question. Ils se séparent de la nature par une solution de continuité — par une facilité de contentement plus grande, à la rigueur : la nature reste ouverte à l'aléa. Si je veux contester la nature, il me faut me perdre en elle, non m'isoler dans ma fonction (comme un « service » ou un outil).

La mise en question n'est pas conciliable avec le repos, l'énoncé se ruine à mesure qu'on l'énonce ; même précipitée dans la possibilité du mouvement, ma pensée écrite ne peut l'épuiser puisque, écrite, elle a l'immobilité de la pierre.

Je ne puis m'arrêter aux expressions poétiques de la possibilité épuisante du mouvement. Le langage détruit ou désagrégé répond au côté suspendu, épuisant, de la pensée, mais il n'en joue que dans la poésie. La poésie qui n'est pas engagée dans une expérience dépassant la poésie (distincte d'elle) n'est pas le mouvement, mais le résidu laissé par l'agitation. Subordonner l'agitation infinie de l'abeille à la récolte, à la mise en pot du miel est se dérober à la pureté du mouvement; l'apiculture se dérobe, et elle dérobe le miel à la fièvre des abeilles.

Plus loin que la poésie, le poète rit de la poésie, il rit de la délicatesse de la poésie. De la même façon la lubricité se rit de timides caresses. Je puis dans un baiser, dans un regard, introduire une ardeur venimeuse, mais pourrais-je m'en tenir aux regards, aux baisers...

Dieu n'est pas la limite de l'homme, mais la limite de l'homme est divine. Autrement dit, l'homme est divin dans l'expérience de ses limites.

Je me quitte, je me perds — en un certain sens — et me retrouve, encore une fois, « noyé dans un verre d'eau ».

Je manque de bonne humeur, mon nez s'allonge, je m'embarrasse en moi-même et dans les autres.

Dans le ciel nuageux, que le vent morcelle en déchirures infinies, j'ai deviné la tragédie aphone des choses, plus traquée que Phèdre mourante et chargée des horreurs d'Hécate...

À lire Hegel, mes blessures, mes rires, mes « saintes »
lubricités me semblent déplacées, pourtant seules à la
mesure d'un effort ramassant l'homme en lui-même.

J'avançais par échappées brèves et malicieuses, et
sans perdre de vue l'origine, l'essor et la nuit finale.

Souvent, Hegel me semble l'évidence, mais l'évidence est lourde à supporter.
Elle le sera plus encore dans la suite. Une évidence
reçue dans le sommeil de la raison perdra le caractère de
l'éveil. Dans l'histoire achevée, l'évidence faite, l'homme
échangerait son caractère pour celui de l'immuable
nature. Je me sens menacé de mort. *Je...*, mais, de toute
façon, une telle mélancolie n'est pas communicable. Que
j'aie tort ou raison, mon sentiment d'éveil à la mort ne
peut que mourir avec moi. À supposer que l'homme
continue d'errer et de se dissoudre en d'interminables
désaccords avec lui-même... ; mais à supposer que trouvant
l'accord, il disparaisse en tant qu'homme (l'homme *est*
l'être historique, il *est* absence d'accord avec lui-même...),
la survie de la chose écrite est celle de la momie.

La partie vivante de la bourgeoisie en est aussi la partie malade (névrosée, geignante, irréelle). Dans la campagne une population rachitique (un sourd-muet, dix
ans, dans l'autobus ânonnait du nez : a — ou — i —
o — ; la tête de guenon de sa mère promenait de grosses
lèvres sur ses tempes — une petite noce sur la route :
un jovial bedonnant à tête de crapaud rougeaude tâtait
le sein d'une bossue maigre au long nez. À ce moment
je regrettais de n'avoir pas de vêtements que j'aime :
une femme à barbe en noir et bien rasée domina la

foule du haut d'une innommable poitrine). Mais que faire? Je me refuse à fuir : je suis homme et ne puis m'éloigner des moments d'éclat, ni des impuissances.

Je ne puis me confondre avec le monde, que ma valeur ne peut changer. Le monde n'est pas moi; personnellement, je ne suis *rien*. Le feuillage et les fleurs du printemps, la diversité sans limite et la terre au coucher du soleil glissant avec ses plaines, ses montagnes et ses mers, à travers les cieux... Mais si le monde, en un sens, est l'homme (ce que je suis de bout en bout) c'est à la condition de l'oublier (ce qui tombe est la nuit d'*Aminadab*).

Ce monde lié à la vanité veut une folie diffuse, il ne me veut pas, moi. C'est l'homme en général, à le regarder comme un rêve illimité — n'ayant un sens que dans la nuit (sur le fond du non-sens), ce n'est pas moi, c'est l'homme en général — arabe, voyou, juge ou bagnard — que le monde a voulu.

Dans le sentiment que le monde en moi *se joue*, je trouve l'exultation, l'accord avec la vanité, l'enfantillage, le comique. Je suis un coup de dés, c'est ma force. Je suis heureux de découvrir en moi la violence d'un coup de partie. L'aveugle violence...

Tout en moi se dirige vers un point; la chance que j'aurais été, me vouant pour finir à la déchéance. Peu de vies demandèrent tant de peine (sous une apparence de facilité).

Une profonde détresse, une malice sournoise m'ont donné de Dieu l'expérience qu'en ont les dévots. Mais ce côté jocrisse relève en moi de la fierté. La gen-

Le Coupable

tillesse, l'indépendance et le mépris des conventions m'ont donné et me donnent cette désinvolture de joueur.

C'est dans le sentiment du jeu — d'être un don Juan de tous les possibles — que se trouvent les ressorts comiques de mon caractère (et l'origine en moi d'un rire infini).

L'homme n'est pas né pour résoudre les problèmes de l'univers, mais bien pour rechercher où commence le problème et ensuite se maintenir entre les limites de l'intelligible.

(GOETHE, *Conversations avec Eckermann.*)

Mais l'homme est suspendu à l'énigme qu'il est lui-même et sa nature insoluble est la source en lui de la gloire et du ravissement, du rire et des larmes.

Goethe concluait : « La raison de l'homme et celle de la divinité sont deux choses très différentes ». Goethe, je l'imagine, s'en prenait à la position dominante de Hegel.

L'effort de Hegel apparaît néfaste et même laid devant l'allégresse et l'équilibre de Goethe. Hegel au sommet du savoir n'est pas gai : « La conscience naturelle, dit-il, se confie-t-elle immédiatement à la science (ce mot désigne ici le système du savoir absolu), c'est là pour elle un nouvel essai de marcher sur la tête, qu'elle fait sans savoir ce qui l'y pousse. Quand la conscience naturelle est contrainte de se mouvoir ainsi, on lui impose une violence qui paraît sans nécessité et à laquelle elle n'est pas préparée » (*Phénoménologie*, Préface, II, 2). Goethe apparaît vivant, disposant naïvement des ressources du monde, au lieu de cette position contrainte, un peu risible. Et pourtant, je ne suis délié, désinvolte et, pour mieux rire, *goethéen*, qu'*au-delà* des misères hégéliennes.

Goethe ajoute un peu plus bas : « Nous ne devons proférer les plus hautes maximes qu'autant qu'elles sont utiles pour le bien du monde. Les autres, nous devons les garder pour nous ; elles seront toujours là pour diffuser leur éclat sur tout ce que nous ferons, comme la douce lumière d'un soleil caché. » Étrange qu'une richesse véritable ait l'allure aveugle, que le divin tienne à l'impuissance ; la position contrainte de Hegel ou, chez Goethe, une beauté de nécropole. Seul m'éclaire un « rire infini ».

J'aurais dû, sans Hegel, être d'abord Hegel ; et les moyens me manquent. Rien ne m'est plus étranger qu'un mode de penser personnel. En moi la haine de la pensée individuelle (le moustique qui s'affirme : « moi, je pense différemment ») atteint le calme, la simplicité ; je joue, quand j'avance un mot, la pensée *des autres*, ce qu'au hasard j'ai glané de substance humaine autour de moi.

Le printemps matinal : se laver, se raser, se brosser... chaque matin, c'est un homme nouveau, lavé, rasé, brossé.

Et comme il me faut détacher de moi le déchet d'un jour, je surmonte les obscurités de hasard (les difficultés de la pensée).
Ce que j'appelle la nuit diffère de l'obscurité de la pensée : la nuit a la violence de la lumière.

La nuit est elle-même la jeunesse et l'ivresse de la pensée : elle l'est en tant qu'elle est la nuit, le désaccord violent. Si l'homme est désaccord avec lui-même, son ivresse printanière est la nuit, ses printemps les plus doux se détachent sur le fond de la nuit. La nuit ne peut être aimée dans la haine du jour — ni le jour dans la peur de la nuit. Saoule de beauté, d'impudeur, de jeunesse, la bacchante danse avec le personnage de la mort. La danse émerveille en ceci : chacun des deux aime en l'autre le refus de ce qu'il est lui-même et leur amour accède aux limites mêmes où la veine temporale éclate. Leur rire est le rire même..., l'un et l'autre est abusé, l'un et l'autre abuse : un peu plus pure, la nuit serait la certitude du jour, le jour serait celle de la nuit. La tension née d'un caractère suspendu, est nécessaire au désaccord, d'où l'accord procède : l'accord est d'autant plus l'accord qu'il refuse de l'être.

IV

LA VOLONTÉ

Vérités profondes. L'après-midi à la campagne, un grand soleil de mai, derrière les volets de ma chambre, j'ai chaud, je suis heureux, j'ai quitté mon veston. La tête un peu chauffée par un vin généreux, mais il me faut descendre aux lieux d'*aisance*.

Les deux mouvements de l'érotisme : l'un d'accord avec la nature et l'autre de mise en question, nous ne pouvons supprimer ni l'un ni l'autre. L'horreur et l'attrait sont mêlés. L'innocence et l'éclat servent le jeu. Au bon moment, la plus sotte sait la dialectique.

Ce que j'écris diffère en ceci d'un journal : J'imagine un homme, ni trop jeune ni trop âgé, ni trop fin ni trop sensé, pissant et crottant, simplement (gaiement), je l'imagine réfléchissant (m'ayant lu) sur l'érotisme et la mise en question de la nature : il verrait alors quel souci j'avais de l'amener à la *décision*. Inutile de donner l'analyse : qu'il évoque le moment de l'excitation naïve, mais louche, inavouable : il met la nature en question.

L'érotisme est le bord de l'abîme : je me penche au-dessus de l'horreur insensée (le moment où le globe oculaire se renverse dans l'orbite). L'abîme est le fond du possible.

Le fou rire ou l'extase nous placent au bord du même abîme, c'est la « mise en question » de tout le possible.
C'est le point de rupture, de lâchez-tout, l'anticipation de la mort.

Comme aux mauvais moments d'une guerre, l'arbitraire est chassé des chemins que je suis. La fantaisie, faute de tendre à l'objet précis, n'est pas tolérable. Je suis frappé dans mes écrits d'une ordonnance si rigoureuse, qu'après un intervalle de plusieurs années le pic frappe au même endroit (déchet négligeable en regard). Un *système* d'une précision horlogère ordonne mes pensées (mais dans cet inachevable travail, je me dérobe sans fin).

J'appartiendrais à une espèce d'homme un peu changée, qui se serait surmontée : elle mènerait de pair la mise en action et la mise en question de la nature (le travail et le rire).

La connaissance oppose à la certitude de la mise en action le doute final de la mise en question. Mais la vie fait de l'une la condition de l'autre et réciproquement. La soumission à la nature — à l'enchevêtrement regardé comme providentiel — est un obstacle à la *mise en action*. Dans le même sens, la mise en action est d'elle-même la contestation de la nature. D'un autre côté, l'impuissance à mettre en action, la paresse poétique, entraîne directement — ou en contrecoup — le recours à l'autorité divine (la soumission à l'ordre naturel). La divine liberté du rire veut la nature soumise à l'homme, et non l'homme à la nature.

Je regardais une photographie, datée de 1922, où je suis dans un groupe — à Madrid, sur le toit en terrasse d'une maison. Je suis assis par terre, appuyé dos à dos contre X. Je me rappelle mon allure enjouée, même élégante. J'existais de cette façon bête. Dans le temps, la réalité du monde, de la terre se décompose, comme, dans un prisme, un rayon de soleil : le temps la jette à la fois de tous côtés. Les collines, les marais, la poussière et les autres hommes ne sont pas moins unis, moins indistincts que les parties d'un liquide. Le cheval et la mouche !... tout est mêlé.

> *absence de tonnerre*
> *éternelle étendue des eaux pleurantes*
> *et moi la mouche hilare*
> *et moi la main coupée*
>
> *moi je mouillais mes draps*
> *et j'étais le passé*
> *l'aveugle étoile morte*
>
> *chien jaune*
> *il est là lui*
> *l'horreur*
> *hurlant comme un œuf*
> *et vomissant mon cœur*
> *dans l'absence de main*
> *je crie*
>
> *je crie au ciel que*
> *ce n'est pas moi qui crie*

dans ce déchirement de tonnerre
ce n'est pas moi qui meurs
c'est le ciel étoilé
le ciel étoilé crie
le ciel étoilé pleure
je tombe de sommeil
et le monde s'oublie

enterrez-moi dans le soleil
enterrez mes amours
enterrez ma femme
nue dans le soleil
enterrez mes baisers
et ma bave blanche.

Un homme tapote la table une heure durant, puis devient rouge, un autre a deux garçons morts poitrinaires et sa fille, étant folle, étrangle ses deux enfants, etc. Un grand vent chasse et précipite les choses et ce que nous sommes, avec furie, dans l'inanité. La fatigue fait rêver d'une autre planète. L'idée de fuir n'est à la vérité ni folle ni lâche. Nous voulons trouver ce que nous cherchons, qui n'est qu'être délivrés de nous-mêmes. C'est pourquoi, rencontrant l'amour, nous avons de si pures ivresses — de si grands désespoirs le manquant. Chaque fois l'amour est l'autre planète, nous y sombrons libérés du vide des tapotements et du malheur. En effet, dans l'amour, nous cessons d'être nous-mêmes.

Ceci contre l'indifférence assoupie d'un lecteur — un peu plus loin quittant ce livre pour quoi? Quel rendez-vous avec lui-même?

Ceci contre les *quant à moi*, les différences voulues.

Je fais du langage un usage classique. Le langage est l'organe de la volonté (de la mise en action), je m'exprime sur le mode de la volonté, qui va son chemin jusqu'au bout. Que signifie l'abandon de la volonté si l'on parle : romantisme, mensonge, inconscience, amphigouri poétique.

Rien est-il à mes yeux plus valable que, radicalement, d'opposer des mouvements voulus à la naïveté d'un déchirement extatique. Nous ne pouvons faire de l'extase un but visé, encore moins le moyen d'un autre résultat. L'indifférence aux voies d'accès ne supprime pas le fait que l'extase supposa l'accès à l'extase. Mais celui qui parle et s'enlise dans ses propres paroles est nécessairement à la recherche des voies d'accès; il s'attarde en mouvements voulus, ne pouvant récuser des moyens auxquels il consent de réduire sa vie.

J'aperçois la nécessité d'audaces, de dessèchements, de lucidités *imprévus*. J'ai de la lourde réalité le sentiment nu. L'horreur, incessamment, me rend malade, mais j'ai le cœur d'aimer ce poids sans *réticences*. Il faut à l'existence aller à l'extrême, accepter les limites réelles et ces limites seulement; sans cela, comment rire ? Si j'avais une complaisance m'attardant au dégoût, si je niais le poids que je n'ai pu soulever, je serais « libéral » ou chrétien : comment pourrais-je rire ?

L'horizon devant moi (horizon ouvert). Au-delà les villages, les villes et des êtres humains mangeant, parlant, suant, se déshabillant, se couchant. Comme s'ils n'étaient pas. De même les êtres du passé. De même ceux qui seront plus tard. Mais à ce monde de par-delà la colline ou l'instant, je veux donner la transparence

de phrases comme : « Mais à ce monde..., etc. » Ce que
je suis n'atteint pas Stendhal mort. Mais qui, pour moi,
fera plus que je ne fais pour ce mort ? Dans cet au-delà
de la colline et de l'instant, vague épuisée, je mourrai...
Entre-temps, dans mon lit, je me suis assoupi. Je me
réveille : sur l'horizon, le ciel est pâle, zébré par le
soleil couché : une belle étoile d'or, le croissant délicieux de la lune au milieu des nuées légères, par-delà
les collines et l'instant... Le sommeil ! je m'arrache au
sommeil et j'écris, me hissant pour mieux voir (et
mieux être vu) sur le sommet de l'écriture. Et dans peu
d'instants, le sommeil encore, épuisant comme une
agonie.

Puis-je espérer sortir d'un état de fatigue et d'écoulement goutte à goutte dans la mort ? Et quel ennui
d'écrire un livre, luttant contre l'épuisement du sommeil, à désirer la transparence d'un livre : lueur glissant
de nuée en nuée, d'un horizon à l'horizon suivant,
d'un sommeil à l'autre sommeil. Je n'étreins pas ce que
je dis, le sommeil m'abat, ce que je dis se décompose
dans l'inertie voisine de la mort.

Une phrase glissait plus loin dans la décomposition
des choses et je dormais déjà... Je l'oubliai. Je me
réveille, j'écris ces quelques mots. Déjà tout tombe :
dans l'éboulis de gravats du sommeil.

N'être qu'un champ, dans la brume du matin, sur
lequel aurait croassé ce corbeau.

J'écris comme l'oiseau chante avec, hélas ! au petit
jour, un serrement d'angoisse, de nausée : harassé des
rêves de la nuit ! Je me répète « Un jour je serai mort,

MORT ! » Et la splendeur de l'univers? rien. Tous les sens s'annulent, en composent de nouveaux; insaisissables comme des sauts. J'ai dans la tête un vent violent. Écrire est partir ailleurs. L'oiseau qui chante et l'homme qui écrit se délivrent. À nouveau le sommeil et, la tête alourdie, je m'affaisse.

Et maintenant, la nuit finie, où vais-je? ma force est d'en rire, mon bonheur de n'en rien savoir.

J'en ris infiniment, mais, vivant, je veux rire : le rire suppose la vie animée, la volonté ardente.

Je fais l'amour comme on pleure, et seul le rire est fier, le rire seul enivre d'une certitude de triomphe. L'homme à vau-l'eau, qui ne fait pas *sa* volonté (mais celle de Dieu ou de la nature), a peu de cœur à rire, il ignore l'infini du rire.

Le rire est comme le pied, communément brisé par la chaussure et l'usage...

Je n'écris pas pour ce monde-ci (survivance — expressément — de celui d'où sortit la guerre), j'écris pour un monde différent, pour un monde sans égards. Je n'ai pas le désir de m'imposer à lui, j'imagine y être silencieux, comme absent. La nécessité de l'effacement incombe à la transparence. Rien ne m'oppose aux forces réelles, aux rapports nécessaires : l'idéalisme seul (l'hypocrisie, le mensonge) a la vertu de condamner le monde réel — d'en ignorer la vérité physique.

Que suis-je de plus que le rayon d'une étoile morte? Le monde dont je suis la lumière est mort. Il est pénible pour moi d'avoir à supprimer la différence entre cette mort réelle et ma vie postiche.

D'un monde mourant ou mort, et se décomposant, ce qui dans l'étendue subsiste en forme de lumière est la négation de ce monde-ci (de sa vérité, de son ordre). Ce n'est pas l'expression du monde qui suivra. Message d'un monde à l'autre?... un vieillard, en mourant, laisse un signe de vie? mais de l'inanité que j'ai connue, qui fera l'expérience, après nous? qui pourrait alors jeter le cri d'une vie disposant de tous les possibles et mourant, en flambée, d'un excès de facilité?

Je lis le *Journal* de Stendhal, 30 mars 1806 :
« Mme Filip est étendue sur un lit de repos dans son salon jaune dont son indolente fille a enfin trouvé la clef. Elle fait un rot, qui me dégoûte tout à fait d'elle. Figure et soupirs voluptueux surtout en respirant la fumée d'amadou. Voilà comment on meurt! »

. . . .

« Avant cela, Samadet s'est couvert de ridicule aux yeux de vingt personnes seulement, comme Pacé et moi. Duos anglais, voix fausse. Quel besoin de sensations a cette pauvre société! Combien on doit craindre de l'ennuyer par la futilité des objets, pourvu qu'on ne soit pas obscur, et on le devient dès qu'on a de l'esprit. Tuf de Wildermeth bien vu ce jour-là. »
« Cet homme a étudié la dignité; son air propre, sa taille, quelque chose de cruel, de maigre et de distingué dans la figure, tout concourt à lui rendre ce genre-là le plus propre de tous. Si ce caractère était de son choix, cela lui supposerait plus d'esprit qu'il n'en montre. Du reste roide, sans goût ni grâce, mais Lovelace de Marseille, séducteur par le sentiment. »

L'homme? Samadet, Wildermeth?...

Au fond du puits : Samadet chante en société...

À l'encontre, un cheval dans une rue d'A. attaché par une corde au mur. La corde annulait son énorme tête : malheur inexistant. Il aurait dû ruer. Il était comme le mur ou le sol.

Nul ne peut renoncer sa tête (abandonner l'autonomie). Wildermeth est lui-même un cheval, un muscle, un fragment (se prend pour davantage). La fierté ne peut être localisée, pourtant elle est. Souvent je suis humain, je suis rebelle! Un peu plus tard? cheval ou Samadet.

Je n'oublie rien. Je parle à Samadet : seule la sottise (seul Samadet) me lit, un cheval ne lit pas. Amour-propre, sottise, ce que la terre nie en tournant. Car Samadet lecteur! je suis ton fossoyeur et tu n'existais pas.

Chaque soir, une étoile au même point du ciel. Je suis relatif à l'étoile. L'étoile est peut-être l'immuable, et moi, qui la regarde, je pourrais n'être pas (moi, un autre, nul autre). L'absurdité du *moi* des puces ou des mouches se disloque dans l'absurdité de l'étoile.

Rien qu'une étoile...

N'importe quelle étoile — de l'étoile... L'homme *est* quand il sait qu'il n'est pas! La matière *est*, en ce qu'elle dissout un homme et, par la pourriture, en expose l'absence.

Le *moi* opaque maintient l'univers dans l'opacité...

Il serait vain d'y vouloir obvier : l'humilité chrétienne

est malheureuse, elle est surtout contradictoire, elle se
lie à l'inamovible obsession du *moi*! Songez à l'immorta-
lité monstrueuse des *moi* de l'enfer et du paradis! songez au Dieu du *Moi*, qui en commanda la multiplication
délirante!

J'aimerais ne plus voir en *moi* que le rapport à quelque autre chose. En fait, l'homme, ou le *moi*, se rapporte à la nature, il se rapporte à ce qu'il nie.
Rapportant à ce que je nie ce que je suis, je ne puis
qu'en rire, me disloquer, me dissoudre.

Le rire ne nie pas seulement la nature, où généralement l'homme est enchevêtré, mais la misère humaine,
où la plupart des hommes sont encore enchevêtrés.

L'idéalisme (ou le christianisme) rapportait l'homme
à ce qui dans l'homme nie la nature (à l'idée). La
nature vaincue, l'homme qui la domine a le pouvoir de
se rapporter à ce qu'il domine : il a le pouvoir de rire.

L'orgueil est la même chose que l'humilité : c'est toujours le mensonge (Wildermeth ou saint Benoît Labre).
Le rire étant le contraire de l'orgueil est parfois le
contraire de l'humilité (personne ne rit dans l'*Évangile*).

Je ne puis qu'adorer ou rire (je l'emporte par l'innocence).

V

LE ROI DU BOIS

J'en ai tant dit. Mon témoignage ? incohérent ! J'étais la lumière au gré des nuages, se faisant et se défaisant. La faiblesse même. À mesure que se détachait de moi l'habitude humaine — et la mort me lia ! —, la lâcheté, la lassitude et l'ennui de vivre me défirent.

La nécessité personnelle d'agir, afin de m'emparer des possibilités de la vie, me démoralise ; la nécessité de jouir me lie.

Je suis faible, angoissé. Et le *vertige*, à tout instant, me coupe les jambes. Tout à coup ma douleur perce le ciel, elle devine l'*insensé*... (j'ai la force d'en rire).

Je n'ai sur terre ou dans le ciel aucun refuge.

Dieu n'a pas d'autre sens : un refuge prétendu. Mais le refuge n'est rien comparé à l'absence de refuge.

L'idée de Dieu, les tendresses, les suavités, qui lui sont liées sont des préludes à l'absence de Dieu. Dans la *nuit* de cette absence, les fadeurs et les mignardises ont disparu, réduites à l'inconsistance d'un souvenir enfantin. Ce qui se mêle en Dieu d'horrible grandeur annonce en lui l'*absence* où l'homme est mis à nu.

Au sommet, l'homme est soufflé. Il est, *au sommet*, Dieu lui-même. Il est l'absence et le sommeil.

La dialectique du *moi* et de la totalité se résout dans mon exaspération. La négation du *moi* dans la mesure où il se croit tenu de se confondre avec la totalité est la base de cette dialectique. Mais surtout son mouvement veut qu'en elle la mise en question elle-même se substitue à l'être mis en question : elle se substitue à Dieu. La totalité mise en question, seule devenue la mise en question, ce qui est de cette manière mis en question ne peut plus recevoir de nom qui le définisse. La mise en question demeure le fait de l'être isolé, mais ce qui, d'abord, est mis en question n'est que l'être isolé lui-même.

Au départ même, la dialectique est ainsi dans l'impasse. Celui qui interroge, celui qui parle, se supprime en interrogeant. Mais celui qui sombre dans cette absence — et dans ce silence —, du fond de ce silence, est le *prophète* de ce qui se perd dans l'absence... Il est le contempteur de Dieu, le contempteur des êtres dont la présence se manifeste par des phrases. Il est le grand comique, au même instant le contempteur du grand comique... La multitude de ceux qui parlent, et, parlant, ne cessent pas de dire *je*, procède de lui ! elle émane de son absence ! elle émane de son silence !

Pourtant, je ne puis m'effacer... : l'affirmation que je fais de moi-même en ce livre est naïve. Je ne suis à la vérité que le rire qui me prend. L'impasse où je m'enfonce, et dans laquelle je disparais, n'est que l'immensité du rire...

. . . .

. . . .

. . . .

Je suis le roi du bois, le Zeus, le criminel...

. . . .

. . . .

. . . .

. . . .

Mon désir? sans limites...
Pouvais-je être le *Tout*? J'ai pu l'être — risiblement...
Je sautai, de travers je sautai.
Tout se défit, se disloqua.
Tout en *moi* se défit
Pourrai-je un seul instant cesser de rire?

(Rien qu'un homme, analogue à d'autres.
Soucieux d'obligations qui lui reviennent.
Nié dans la simplicité du grand nombre.
Le rire est un éclair, en lui-même, en d'autres.)

Dans la profondeur d'un bois, comme dans la chambre où les deux amants se dénudent, le rire et la poésie se libèrent.

Hors du bois comme hors de la chambre, l'action utile est poursuivie, à laquelle chaque homme appartient. Mais chaque homme, dans sa chambre, s'en retire...; chaque homme, en mourant, s'en retire... Ma folie dans le bois règne en souveraine... Qui pourrait supprimer la mort? Je mets le feu au bois, les flammes du rire y pétillent.

La rage de parler m'habite, et la rage de l'exactitude. Je m'imagine précis, capable, ambitieux. J'aurais dû me taire et je parle. Je ris de la peur de la mort : elle me tient éveillé! Luttant contre elle (contre la peur et la mort).

J'écris, je ne veux pas mourir.

Pour *moi*, ces mots, « je serai mort », ne sont pas res-
pirables. Mon absence est le vent du dehors. Elle est
comique : la douleur est comique. Je suis, à l'abri, dans
ma chambre. Mais la tombe ? déjà si voisine, sa pensée
m'enveloppe de la tête aux pieds.

Immense contradiction de mon attitude !
Personne eut-il, aussi gaîment cette simplicité de
mort ?
Mais l'encre change l'absence en intention.

Le vent du dehors écrirait ce livre ? Écrire est formuler mon intention... J'ai voulu cette philosophie « *de qui
la tête au ciel était voisine* — et dont les pieds touchaient à
l'empire des morts ». J'attends que la bourrasque déra-
cine... À l'instant, j'accède à tout le possible ! j'accède à
l'impossible en même temps. J'atteins le pouvoir que
l'être avait de parvenir au contraire de l'être. Ma mort
et moi, nous nous glissons dans le vent du dehors, où je
m'ouvre à *l'absence de moi.*

Je me rappelle auprès du sommet d'une montagne
(l'Etna) un refuge où j'arrivai après une marche épuisante, dont deux ou trois heures de nuit. Plus de végé-
tation (depuis 2 000 mètres), mais de la lave noire en
poussier ; à 3 000 mètres d'altitude, un horrible froid (il
gelait) dans le plein été sicilien. Le vent le plus violent.
Le refuge était une longue masure servant d'observatoire ; la masure était surmontée d'une petite coupole.
J'en sortis, avant de dormir, pour aller satisfaire un
besoin. Aussitôt le froid me saisit. L'observatoire me
séparait du sommet du volcan : je longeai le mur, cher-

chant, sous le ciel étoilé, l'endroit propice. La nuit était relativement sombre, j'étais saoul de fatigue et de froid. Dépassant l'angle du refuge, qui m'avait protégé jusque-là, le vent violent, immense, me prit dans un bruit de tonnerre, j'étais devant le spectacle glaçant du cratère, à deux cents mètres au-dessus de moi : la nuit n'empêchait pas d'en mesurer l'horreur. Je reculai d'effroi pour m'abriter, puis, m'armant de courage, je revins : le vent était si froid et si tonnant, le sommet du volcan si chargé de terreur que c'était à peine supportable. Il me semble aujourd'hui que jamais le *non-je* de la nature ne m'a pris à la gorge avec tant de rage (cette ascension, toujours pénible, et que j'avais longuement désirée — j'avais fait tout exprès le voyage de Sicile — dépassait la limite de mes forces ; j'étais malade). L'épuisement m'interdisait de rire. Pourtant ce qui gravissait avec moi le sommet n'était qu'un rire infini.

Un désir hagard (celui de m'exprimer jusqu'au bout) : mais, à la fin, j'en ris.

Ce qu'on aime arrive comme on éternue. Mon absence de souci s'exprime en volonté. J'ai vu que je devais *faire* ceci ou cela : et je le fais (mon temps n'est plus cette blessure béante).

1943.

APPENDICE

(Lettre à X., chargé d'un cours sur Hegel...)

Paris, le 6 décembre 1937[1].

Mon cher X.,

Le procès que vous me faites m'aide à m'exprimer avec une précision plus grande.

J'admets (comme une supposition vraisemblable) que dès maintenant l'histoire est achevée (au dénouement près[2]). Je me représente toutefois les choses autrement que vous...

Quoi qu'il en soit, mon expérience, vécue avec beaucoup de souci, m'a conduit à penser que je n'avais plus rien « à faire ». (J'étais mal disposé à l'accepter, et, comme vous l'avez vu, ne me suis résigné qu'après m'être efforcé.)

Si l'action (le « faire ») est — comme dit Hegel — la négativité, la question se pose alors de savoir si la négativité de qui n'a « plus rien à faire » disparaît ou sub-

---

1. Le brouillon de cette lettre, donné comme détruit (ou perdu) dans les *Malheurs du temps présent* (p. 74), était joint aux fragments d'un ouvrage commencé, publiés dans cet appendice. Cette lettre inachevée ne fut pas recopiée, mais le brouillon communiqué à son destinataire.

2. Peut-être à tort, à tort à tout le moins en ce qui touchait les vingt ans qui devaient suivre, X. imaginait proche la solution révolutionnaire du communisme.

siste à l'état de « négativité sans emploi » : personnellement, je ne puis décider que dans un sens, étant
moi-même exactement cette « négativité sans emploi »
(je ne pourrais me définir de façon plus précise). Je
veux bien que Hegel ait prévu cette possibilité : du
moins ne l'a-t-il pas située à *l'issue* des processus qu'il a
décrits. J'imagine que ma vie — ou son avortement,
mieux encore, la blessure ouverte qu'est ma vie — à
elle seule constitue la réfutation du système fermé de
Hegel.

La question que vous posez à mon sujet revient à
savoir si je suis négligeable ou non. Je me la suis souvent
posée, hanté par la réponse négative. En outre, comme
la représentation que je me fais de moi-même varie, et
qu'il m'arrive d'oublier, comparant ma vie à celle des
hommes les plus remarquables, qu'elle pourrait être
médiocre, je me suis souvent dit qu'au sommet de l'existence il pourrait ne rien y avoir que de négligeable : personne, en effet, ne pourrait « reconnaître » un sommet
qui serait la nuit. Quelques faits — comme une difficulté
exceptionnelle éprouvée à me faire « reconnaître » (sur
le plan simple où les autres sont « reconnus ») — m'ont
amené à prendre sérieusement, mais gaiement, l'hypo-
thèse d'une insignifiance sans appel.

Cela ne m'inquiète pas et je n'y lie la possibilité
d'aucun orgueil. Mais je n'aurais plus rien d'humain si
j'acceptais avant d'avoir essayé de ne pas sombrer
(acceptant, j'aurais trop de chances de devenir, en plus
de comiquement négligeable, aigri et vindicatif : alors il
faudrait que ma négativité se retrouve).

Ce que j'en dis vous engage à penser qu'un malheur
arrive, et c'est tout : me trouvant devant vous, je n'ai
pas d'autre justification de moi-même que celle d'une
bête criant le pied dans un piège.

Il ne s'agit plus en vérité de malheur ou de vie, mais seulement de ce que devient la « négativité sans emploi », s'il est vrai qu'elle devienne quelque chose. Je la suis dans les formes qu'elle engendre non tout d'abord en moi-même, mais en d'autres. Le plus souvent, la négativité impuissante se fait œuvre d'art : cette métamorphose dont les conséquences sont réelles d'habitude répond mal à la situation laissée par l'achèvement de l'histoire (ou par la pensée de son achèvement). Une œuvre d'art répond en éludant ou, dans la mesure où sa réponse se prolonge, elle ne répond à aucune situation particulière, elle répond le plus mal à celle de la fin, quand éluder n'est plus possible (quand arrive *l'heure de la vérité*). En ce qui me touche, la négativité qui m'appartient n'a renoncé à s'employer qu'à partir du moment où elle n'avait plus d'emploi : c'est celle d'un homme qui n'a plus rien à faire et non celle d'un homme qui préfère parler. Mais le fait — qui ne paraît pas contestable — qu'une négativité se détournant de l'action s'exprime en œuvre d'art n'en est pas moins chargé de sens quant aux possibilités subsistant pour moi. Il indique que la négativité peut être objectivée. Le fait n'est d'ailleurs pas la propriété de l'art : mieux qu'une tragédie, ou qu'une peinture, la religion fait de la négativité l'objet d'une contemplation. Mais ni dans l'œuvre d'art, ni dans les éléments émotionnels de la religion, la négativité n'est « reconnue » *comme telle*. Au contraire, elle est introduite dans un système qui l'annule, et seule l'affirmation est « reconnue ». Aussi y a-t-il une différence fondamentale entre l'objectivation de la négativité, telle que le passé l'a connue, et celle qui demeure possible *à la fin*. En effet, l'homme de la « négativité sans emploi », ne trouvant pas dans l'œuvre d'art une réponse à la question qu'il est lui-même, ne peut que devenir l'homme de la « négativité *reconnue* ». Il a compris que son besoin d'agir n'avait plus d'emploi. Mais ce besoin ne pouvant être dupé indéfiniment par les leurres de l'art, un jour ou l'autre est reconnu pour ce qu'il est : comme négativité vide de contenu. La tentation s'offre encore de rejeter cette négativité comme péché — solution si commode qu'on n'a pas attendu pour l'adopter la crise finale. Mais comme cette solution s'est déjà rencontrée, les effets en sont à l'avance épuisés : l'homme de la « négativité sans emploi » n'en dispose à peu près plus : dans la mesure où il est la conséquence de ce qui l'a précédé, le sentiment du péché n'a plus de force en lui. Il est devant sa propre négativité comme devant un mur. Quelque malaise qu'il en éprouve, il sait que rien ne pourrait être écarté désormais, puisque la négativité n'a plus d'issue.

*(Fragment sur la connaissance,
la mise en action et la mise en question)*

D'un côté, j'envisage les données de la connaissance pratique, et de l'autre la mise en question par l'homme de tout ce qui est, de la nature et de lui-même (car s'opposant à la nature, étant sa mise en question, il ne pourrait effectuer cette opposition sans s'opposer à lui-même, sans être en même temps la mise en question de lui-même).

Les données de la connaissance pratique sont à la base de réponses reculant la mise en question, la reportant plus loin et à plus tard. En effet, la mise en question se fait d'abord sous des formes limitées, bien qu'elle ait en elle-même un contenu illimité, nous cherchons l'origine, la raison d'être et l'explication d'une chose ou d'une autre, en perdant de vue que nos résultats, quant au désir en jeu dans la connaissance spéculative, ont le sens d'un degré de l'escalier menant à la nuit... En réalité, la science désintéressée, la philosophie, et la dialectique qui en résume le mouvement, sont des faits *d'interférence* entre la connaissance pratique — la certitude liée à la *mise en action* — et la *mise en question* infinie. Mais en dépit de ce caractère hybride — entre le sens et la perte de sens — le développement de la connaissance au-delà de ses résultats grossiers n'est pas un exercice vide. Du point de vue même de l'efficacité pratique, la connaissance dialectique est applicable au moins dans un domaine précis. Comment ce développement double a-t-il un sens? En d'autres termes · comment et dans quelles limites un mouvement d'interrogation sans issue peut-il enrichir la connaissance pratique?

A priori, l'efficacité d'une contestation n'est pas faite pour étonner. La nature épuisante de l'interrogation métaphysique ne peut être éliminée d'aucune façon, mais l'effort malheureux sur le plan d'une mise en question n'ayant de fin qu'elle-même peut aboutir sur le plan de l'activité et de la connaissance grossière, l'authenticité se prouve alors par la mise en action.

LA CONNAISSANCE PRATIQUE

GROSSIÈRE,

LA CONNAISSANCE SCIENTIFIQUE

ET LA DIALECTIQUE

L'évidence première est celle du travail, de l'outil, de l'objet fabriqué et du rapport régulier du travail à l'objet, le savoir élémentaire est le savoir-faire. Ma connaissance d'un objet que j'ai fabriqué est une connaissance pleine et satisfaisante à laquelle je m'efforce de rapporter celle que j'ai des autres objets — les objets naturels, moi-même ou l'univers. Mais les propositions issues du savoir-faire sont des énoncés *logiques*. À partir d'évidences grossières, le langage ordonne un enchaînement de situations équivalentes. Il substitue ainsi au critérium du savoir-faire celui de la rigueur mathématique, qui n'en est d'abord que l'enrichissement. Cette substitution, d'une part, étend de la façon la plus utile les possibilités techniques, d'autre part introduit par un glissement l'évidence au-delà des possibilités d'action (dans le domaine de la spéculation). Mais vite l'évidence ainsi mouvante à l'intérieur du langage assume une allure dialectique. Tout d'abord, l'évidence formelle et rigoureuse s'oppose à l'évidence immédiate. Elle emprunte à la première le sentiment de conviction, la certitude du « je puis ». Mais elle en récuse le caractère extérieur. Cette première opération développe déjà les possibilités de la dialectique : le langage, en même temps qu'il énonce des propositions positives, ouvre une blessure en nous par le moyen de l'interrogation. Ce que traduit l'opposition de deux évidences est déjà la « mise en question » de l'évidence, et toute mise en question porte en elle l'interrogation infinie à laquelle il n'est pas de réponse concevable et dans laquelle l'absence de réponse est obscurément *désirée*.

Si, d'une notion grossière, je dis qu'elle me trompe, ainsi de ma croyance touchant la dureté d'un morceau de bois — expression de la consistance solide et de l'indubitable réalité matérielle —, je le dis au profit d'une représentation savante du même objet, mais quelle qu'elle soit la nouvelle représentation est engagée dans la dialectique d'une mise en question infinie. Une fois contestée la certitude naïve du morceau, la certitude nouvelle ayant pour fondement la mise en question se maintient dans un mouvement. À chaque étape, la certitude du « je puis » se retrouve sous une forme nouvelle : chaque mode de représentation du réel se fonde sur une mise en action, sur une expérience possible.

Ainsi la science elle-même a-t-elle un caractère dialectique en ce qu'elle a pour fondement la mise en question.

LA PHILOSOPHIE

Mais la science ne procède encore qu'à une mise en question extérieure : récusant les qualités sensibles auxquelles était liée la certitude immédiate, elle se contente de leur substituer des quantités. Et quand elle sort du domaine où la mesure exacte est possible, elle recourt à l'équivalence des connexions. Mais jamais elle ne cherche une compréhension fondamentale de ses objets. Elle ne peut étendre, il est vrai, son mode de compréhension extérieure à la totalité — qui ne se laisse pas réduire à l'explication par égalité et ne peut relever qu'arbitrairement d'une connaissance ayant le *savoir-faire* à sa base. Cette impuissance, laissant le champ à la mise en question infinie, n'en est pas moins à juste raison tenue pour insignifiante : elle est d'ailleurs minimisée du fait que la science envisage avec répugnance les problèmes qu'elle ne peut résoudre. Ainsi la mise en question ne dépasse jamais pour elle l'inquiétude nécessaire à l'activité.

Seule la philosophie revêt une étrange dignité du fait qu'elle assume la mise en question infinie. Ce ne sont pas des résultats qui lui valent un prestige discutable, mais seulement qu'elle réponde à l'aspiration de l'homme demandant la mise en question de tout ce qui est. Personne ne doute que la philosophie ne soit souvent oiseuse, une manière déplaisante d'exploiter des talents mineurs. Mais quels que soient les préjugés légitimes à son sujet, si fallacieux (méprisables et même odieux) qu'en soient les « résultats », sa suppression se

heurte à cette difficulté : que ce défaut de résultats réels en est justement la grandeur. Sa valeur
tout entière est dans l'absence de repos qu'elle entre-
tient.

*(Deux fragments sur l'opposition de l'homme
et de la nature)*

I

Ce n'est pas en tant que chose définie que l'homme
se heurte à la nature (et ce n'est pas non plus en tant
que chose définie que la nature est en opposition avec
l'homme).

C'est comme effort d'autonomie.

Cet effort a lieu dans un sens ou dans l'autre suivant
les positions éventuelles.

En principe, la nature apparaît comme enchevêtrée,
l'existence humaine est alors ce qui tente de se dégager de l'enchevêtrement, de se réduire à la pureté de
principes rationnels.

Est assurée dans ce mouvement la domination de la
nature par les hommes : la nature est mise en action
par ceux qui l'assujettissent, la font servir à leur autonomie.

Mais en toute position (chaque position est provisoire), l'existence humaine s'appuie sur un *moyen terme.*
Elle ne peut prétendre à l'autonomie en son propre
nom. La lucidité (le discernement) du cerveau lui permet d'apercevoir la vanité du mouvement qui la constitue. Car en même temps qu'elle se saisit comme mou-

vement vers l'autonomie, elle aperçoit son enchevêtrement, la profonde dépendance où la tient la
nature enchevêtrée. D'où la nécessité pour elle de se
rapporter à des moyens termes idéaux comme Dieu ou
la raison.

Dieu ou la raison sont des moyens termes en ce sens
que l'un et l'autre se rapportent à l'enchevêtrement
quoi qu'on veuille, à l'ordre saisissable à l'intérieur de
l'enchevêtrement.

Dieu se rapporte à des signes sensibles, à l'inter-
prétation de la nature enchevêtrée comme revêtue
d'un sens négatif : la nature chrétienne est en même
temps la tentation (ce qu'il faut surmonter) et l'ordre
(auquel il faut rester soumis) dissimulé sous les apparences tentatrices. Le christianisme *range* les éléments
de ce donné enchevêtré au milieu duquel nous cherchons notre autonomie. Il y sépare le bien du mal.

Dans cette séparation, la volonté d'autonomie de la
tête humaine est regardée comme le mal. La tête ne
réalise l'autonomie — à laquelle, néanmoins, elle est
vouée — que par un détour. Elle se subordonne à
Dieu, dont elle est l'image — qui n'est ni la nature ni
quelque négation de la nature, mais l'ordonnateur du
bien dans l'enchevêtrement de la nature.

En tant qu'ordonnateur du bien, Dieu est déjà raison. Mais il est raison créatrice, garante et rendant
compte de la nature — et non seulement de l'ordre en
elle, mais de tout l'enchevêtrement. Cet enchevêtrement n'est pas le mal. Le mal est qu'en lui quelque
créature veuille pour elle-même l'autonomie qui
n'appartient qu'à Dieu.

La nature que l'homme nie dans la position chrétienne est un aspect paradoxal de la nature. C'est
essentiellement la nature humaine : et cette nature,

étant une volonté d'autonomie dans la nature, n'est au fond que la négation de la nature !

Cette position est en elle-même inconcevable. Elle se double à la vérité d'une autre position, plus grossière. Le christianisme a confirmé et développé la négation par l'homme de la nature animale : dans son essence, il se définit comme un plaquage des deux positions.

1. Nature = nature humaine, volonté de puissance personnelle.

Autonomie = Dieu, ordonnateur de la nature, en entier accord avec elle, sauf en un point : où la nature est négatrice de la nature en l'espèce de l'homme.

2. Nature = nature animale (ou charnelle) : ce qui dans l'homme n'est pas tendu vers la volonté d'autonomie, ainsi la sensualité.

Autonomie = tendances intellectuelles et morales.

Dans la position 1, Dieu réduit à la négation de l'homme par lui-même est acculé à l'affirmation générale de la nature, où se perd l'essentiel de l'autonomie (essentiellement l'autonomie est la négation, l'intolérance). Dans cette position, l'homme abdique : l'autonomie à laquelle il accède en Dieu n'est qu'un leurre, il n'est plus qu'un enfant dans les bras d'un niais.

Ainsi la position 2 est-elle nécessaire, non seulement à l'homme, mais à Dieu. Le christianisme, à la vérité, se fonde sur ce mouvement d'intolérance de l'homme à l'égard de la nature, à laquelle il est soumis comme animal, mais ce mouvement tourne à l'inhibition de la volonté d'autonomie.

Les deux positions sont en porte à faux.

Dans la seconde, l'opposition à la nature est celle d'une existence qui voudrait être et n'est pas. Cette sorte d'autonomie à laquelle aspire la tête humaine n'est pas son autonomie propre, mais celle d'une existence spéculative (composée sur le mode d'attribution de l'être aux mots), intellectualité et moralité pures. Le défi à la nature demande d'être porté par un être réel, pouvant l'assumer lui-même et non par un désir hypostasié, par une pure moralité que trahissent les comportements nécessaires des hommes. Déjà, dans cette position simple, la condition de l'autonomie se définit comme inaccessible.

Dieu n'est qu'une tentative d'attribuer l'être à la condition de l'autonomie (qui paraissait inaccessible à l'homme). Mais en tant qu'il est Dieu, comme il affirme la nature..., le mouvement initial tombe dans la servitude de la nature (les développements théologiques dirigés dans un sens contraire — Dieu transcendant la nature — soulignent l'impossibilité, qui lui appartient, de nier la nature et de la défier : à la rigueur Dieu transcende, il ne peut *mettre en question* la nature ; celle-ci, *en droit*, ne peut pas devenir sa nuit).

Le recours à la raison représente de la part de l'homme une renonciation. Au jeu puéril du croyant, parlant à Dieu comme l'enfant à la poupée, succède un comportement de même ordre (fondé sur l'attribution de l'être à un mot) toutefois moins naïf, plus mobile et susceptible de dépassement.

Dans le pur recours à la raison, la situation n'est guère changée. L'homme renonce encore en opposant à l'enchevêtrement animal un principe auquel il participe (nécessairement assez mal). Et ce principe n'est guère moins que Dieu lui-même engagé dans la nature : de la nature, il est l'ordonnateur. Si l'on aperçoit le développement des choses en tant qu'il est donné historiquement, ce principe est tiré de l'enchevêtrement comme un négatif. La raison est le langage opposant aux choses, du moins à la nature enchevêtrée

(car elle est, dans les choses, immédiatement donnée),
des formes générales et de communes mesures, à la
position du hasard celle de l'ordre logique. Mais la raison, comme Dieu, réduit l'homme à la position
hybride. L'homme, d'une part, condamne en lui-
même l'avidité d'autonomie *(contraire à la raison).* Il
continue de s'opposer, d'autre part, aux tendances
« animales » en lui, qu'il dénigre en tant qu'elles ne
sont pas tendues vers sa propre autonomie, et qu'elles
l'enlisent dans l'enchevêtrement de la nature. Il ne
fait, de cette façon, que changer un enlisement pour
l'autre : la raison, qui lui semble autonome, n'est elle-
même qu'un donné naturel. Elle n'est nullement
l'autonomie, mais la renonciation à cette autonomie
prématurée, chrétienne, opérée dans la haine de l'animalité.

   Il est clair que, dans les deux cas (Dieu, Raison),
cette sorte d'irruption de l'être dans l'irréel tient à la
substitution du langage à l'immédiateté de la vie.
L'homme a doublé les choses réelles, et lui-même, de
mots qui les évoquent, les signifient et survivent à la
disparition des choses signifiées. Mis en jeu de cette
façon, ces mots forment eux-mêmes un royaume
ordonné, ajoutant au réel exactement traduit de pures
évocations de qualités ou d'êtres irréels. Ce royaume
s'est substitué à l'être dans la mesure où l'être immédiat est conscience sensible. À la conscience informe
des choses et de soi-même s'est substituée la pensée
réfléchie, dans laquelle la conscience a remplacé les
choses par les mots. Mais en même temps que la
conscience s'enrichissait, les mots — évocation des
êtres irréels et réels — ont pris la place du monde sensible.

   C'est ainsi qu'en l'espèce de Dieu, puis de la raison,

l'autonomie que l'homme avait cherchée pour lui-même s'est constituée aisément, de plusieurs façons, dans un royaume de l'irréel, auquel est rapportée la vie humaine.

Mais du fait même de l'irréalité, le développement du langage en tant que pensée, c'est-à-dire en tant que forme de l'être, est nécessairement dialectique. Les propositions du langage se produisent d'une façon contradictoire : leur fixité s'éloigne du réel, et seul leur développement contradictoire a chance de s'y rapporter. Seule une « dialectique » a le pouvoir de subordonner le langage — ou le royaume de l'irréel — à la réalité qu'il évoque.

Cela n'a pu se produire tout d'abord comme renoncement au « logos ». En premier lieu, Hegel dit du réel qu'il est le « logos » même envisagé dans la totalité de son développement (contradictoire). Selon Hegel, la raison n'est pas l'abstraction irréelle, mais l'être humain charnel est raison incarnée. Le premier, Hegel résolut l'exigence de l'autonomie dans un sens humain. L'esprit de l'homme est, à ses yeux, l'être absolu. La nature réalise elle-même l'autonomie de l'être, mais en un développement négatif. L'être, se développant, effectue la négation de la nature, ou plutôt le développement de l'être est la même chose que cette négation. La raison se réalise effectivement dans la négation de son contraire. La nature est l'obstacle réel nécessaire à la réalité effective de la négation : c'est la condition du « logos ». La rationalité de la raison dialectique reflète inversement l'irrationalité de la nature. Sans la nature et l'effort qu'elle dut faire pour s'en dégager, cette raison dialectique ne serait pas effectivement réalisée, existerait seulement comme un possible.

À la vérité, qu'il s'agisse de Dieu, de la raison pure ou de la raison hégélienne, c'est toujours un « logos » substitué à l'homme cherchant l'autonomie. L'identification de la raison hégélienne à l'homme est précaire, équivoque. Grossièrement, ce qui distingue l'homme de la nature, ce qui *oppose* l'homme à la nature, est l'histoire, et l'histoire achevée, l'homme intégré dans la nature cesserait de s'en distinguer. Or, selon Hegel, l'identité de l'homme et de la raison suppose l'histoire achevée : rien de significatif, dès lors, ne pourrait *se passer* sur terre, tout développement visait le point où l'homme n'est plus distinct de la raison, n'étant qu'une étape vers ce point! Le point atteint, aucun développement n'est possible : infiniment, comme dans la nature animale, l'homme sera semblable à lui-même, toute possibilité d'événement *historique* écartée.

De cette vue de l'esprit, je retiens l'essentiel : l'homme cherchant l'autonomie (l'indépendance à l'égard de la nature) est amené — par le langage — à situer cette autonomie dans un moyen terme (irréel, logique), mais s'il donne à cet irréel la réalité — la devenant lui-même (l'incarnant) — le moyen terme qu'il utilise à son tour devient lui-même la nature... — à moins que le développement entier ne soit qu'une vue de l'esprit...

Dès que l'homme place en quelque moyen terme une autonomie désirée de lui, ce moyen terme, quel qu'il soit, prend la place de la nature. Mais la suite de l'autonomie n'apparaît ainsi que d'une façon purement négative.

Seule la présence d'une authenticité — la différence positive — donne un sens à l'attitude critique.

L'autonomie de l'homme se lie à la *mise en question* de la nature, à la mise en question, et non aux réponses qu'on lui fait. Le principe énoncé précédemment se laisse reprendre sous une forme plus générale : toute « réponse » à la « mise en question » de la nature prend le même sens pour l'homme que la nature. Ceci veut dire : 1° qu'essentiellement, l'homme est une « mise en question » de la nature ; 2° que la nature elle-même est l'essentiel — la donnée fondamentale — de toute réponse à la mise en question. L'ambiguïté de ces énoncés tient à ce fait que la nature est en un sens un domaine défini, mais qu'en un sens plus profond ce domaine est proprement la réponse foncière se proposant à l'interrogatoire de l'homme se proposant comme un tremplin de l'interrogation infinie. En d'autres termes, toute « réponse » à l'interrogation fondamentale est une tautologie : si je mets en question le donné, je ne pourrai dans ma réponse aller plus loin qu'une nouvelle définition... du donné comme tel. Mis en question, pour un temps le donné cesse d'être tel : mais si j'ai répondu, quelle que soit la réponse, il le redeviendra.

Aucune « réponse » ne peut offrir à l'homme une possibilité d'autonomie. Toute « réponse » subordonne l'existence humaine. L'autonomie — la souveraineté — de l'homme se lie au fait qu'il est une question sans réponse.

II

Si l'existence humaine à la question : « Qu'y a-t-il ? » répond autre chose que : « Moi et la nuit, c'est-à-dire l'interrogation infinie », elle se subordonne à la réponse, c'est-à-dire à la nature. En d'autres termes, elle s'explique à partir de la nature et renonce à l'autonomie par là. L'explication de l'homme à partir d'un donné (d'un coup de dés quelconque substitué à quelque autre) est immanquable, mais vide dans la mesure où elle *répond* à l'interrogation infinie : formuler ce vide est en même temps *réaliser* la puissance autonome de l'interrogation infinie.

(Fragment sur le christianisme)

Le christianisme n'est, au fond, qu'une cristallisation du langage. La solennelle affirmation du quatrième évangile : *Et Verbum caro factum est*, est en un sens, cette vérité profonde : la vérité du langage est chrétienne. Soit l'homme et le langage doublant le monde réel d'un autre imaginé — disponible au moyen de l'évocation —, le christianisme est nécessaire. Ou, sinon, quelque affirmation analogue.

(Fragment sur la culpabilité)

J'appelle à l'amitié de l'homme pour lui-même — pour ce qu'il est (dans l'instant) et pour ce qu'il sera, pour le destin qui est le sien, qu'il a voulu, l'horreur du donné naturel, et des fins extérieures à l'homme, auxquelles il se soumet dans sa fatigue (l'amour ou l'amitié implique cette haine).

Toute « réponse » est un ordre du dehors, une morale inscrivant l'être humain dans la nature (comme une créature). La soumission fait de l'homme un non-homme, un être naturel, mais se matant pour n'être plus l'insoumission *qu'il est* (en quoi l'ascèse est ce qui reste en lui *d'humanité*, elle est l'insoumission se renversant, retournée contre elle-même).

La croyance en la toute-puissance de la poésie (de l'inspiration) se maintient dans le christianisme, mais le monde chrétien triche avec le délire : ce qu'il affirme en inspiré n'est, au fond, qu'un langage de raison.

L'homme est coupable : il l'est dans la mesure où il s'oppose à la nature. L'humilité qui lui fait demander pardon (le christianisme) l'accable sans l'innocenter.

Le bienfait du christianisme est, du moins, d'aggraver la culpabilité qu'il dénonce...

Le seul moyen d'atteindre l'innocence est de s'établir résolument dans le crime : l'homme met la nature en question *physiquement* — dans la dialectique du rire, de l'amour, de l'extase (cette dernière envisagée comme un état physique).

De nos jours, tout se simplifie : l'esprit n'a plus son rôle d'opposition, il n'est plus à la fin qu'un serviteur, il est le serviteur de la nature. Et tout a lieu sur un même plan. Je puis innocenter le rire, l'amour, l'extase..., bien que le rire, l'amour, l'extase... soient des péchés contre l'esprit. Ils déchirent physiquement la *physis*, que l'esprit bénissait en accablant l'homme. L'esprit était la peur de la nature. L'autonomie d'un homme est physique.

La négativité est l'action, l'action consiste à prendre possession des choses.

Il y a prise de possession par le travail ;
    le travail est l'activité humaine en général,
    intellectuelle,
    politique,
    économique ;
à quoi s'opposent
    le sacrifice,
    le rire,
    la poésie,
    l'extase, etc...,
qui sont les ruptures des systèmes fermés *prenant* possession.

La négativité est ce double mouvement de mise en action et de mise en question.

De même, la culpabilité se lie à ce double mouvement.

L'homme *est* ce double mouvement.

La liberté du double mouvement se lie à l'absence de réponse.

Entre l'un et l'autre mouvement, l'interaction est nécessaire, incessante.

La mise en question développe la mise en action.

Ce qui s'appelle esprit, philosophie, religion [1], se fonde sur des interférences.

La culpabilité naît dans la zone d'interférence, sur la voie d'un accord tenté avec la nature (l'homme est coupable, il demande pardon).

Le sentiment de culpabilité est le renoncement (plutôt — la tentative de renoncement) de l'homme au double mouvement (de négation de la nature). Chaque interférence est un moyen terme entre l'homme et la nature : une *réponse* à l'énigme en même temps qu'un système de vie (pratique) fondé sur la culpabilité, est le frein du double mouvement. Par des interférences, les hommes tentent de retrouver l'accord avec la nature et font alors obstacle à tels d'entre eux qui poursuivent le double mouvement (l'interférence est douce, elle est *réactionnaire*).

L'arrêt dans l'interférence est humainement le mensonge (c'est la réponse, la culpabilité et l'exploitation de la culpabilité).

---

1. Religion n'a pas le sens, dans cette phrase, de religion indépendante des religions données, mais d'une religion quelconque, donnée entre les autres (*Note* de 1960).

Les données intellectuelles ont un sens sur le plan de leur mise en action — elles répondent à la mise en question (d'où elles procèdent) dans la mesure où l'interaction est possible, c'est-à-dire exclusivement sur le plan de la mise en action.

D'autre part, la mise en question infinie (élaguant la médiocrité, l'interférence) est d'accord avec l'ultime mise en action raisonnée (l'homme se définit comme une négation de la nature et renonce à l'attitude du coupable). D'où une sorte de sacrifice a-religieux, le rire, la poésie, l'extase, en partie dégagées des formules de vérité sociale.

Mise en action et mise en question s'opposent sans fin, d'un côté, en tant qu'acquisition au profit d'un système fermé, de l'autre en tant que rupture et déséquilibre du système.

Je puis imaginer une mise en action si bien agencée que la mise en question du système au profit duquel elle aurait lieu n'aurait plus de sens : précisément dans ce cas, la mise en question ne pourrait être qu'infinie. Toutefois, le système limité pourrait être encore une fois mis en question : la critique porterait alors sur l'absence de limites et les possibilités d'accroissement *infini* de l'acquisition. D'une façon générale, en tant qu'elle est le rire, la poésie... la mise en question va de pair avec la dépense, la consommation des sommes excédentes d'énergie. Or, la somme d'énergie produite (acquise) est toujours supérieure à la somme nécessaire à la production (l'acquisition). La mise en question introduit une critique générale portant sur les résultats d'une mise en action réussie, d'un point de vue qui n'est plus celui de la production, mais le sien propre (celui de la dépense, du sacrifice, de la fête). La mise en action risque, dès lors, d'appuyer une réponse quelconque en vue d'échapper à la mise en question contestant ses possibilités d'accroissement. Elle serait, dans ce cas, ramenée au plan confus de l'interférence — à la catégorie du *coupable*. (Tout se mêle sans cesse. Serais-je, d'ailleurs, ce théoricien acharné si rien ne subsistait en moi de l'attitude *coupable*?)

Ce que j'avance n'est pas l'équivalent d'une *réponse*. La vérité de mes affirmations se lie à mon activité.

Comme affirmation, la reconnaissance de la négativité n'a de sens qu'à travers ses implications sur le plan pratique (elle se lie à des attitudes). Mon activité continuée se lie tout d'abord à l'activité commune. Je vis, j'accomplis les fonctions habituelles qui fondent en nous les grandes vérités. À partir de là se développe la contrepartie : la méthode de la mise en question prolonge en moi l'établissement des vérités premières. Je me dégage du piège des réponses et porte à ses conséquences rigoureuses la critique des philosophies — aussi nettement que je distingue entre eux des objets. Mais la mise en action d'une pensée négative ne se limite pas à des prolongements de l'activité générale : cette pensée réalise, d'autre part, son essence en modifiant la vie. Elle tend à défaire des liens : détachant le sujet de l'objet mis en action. Cette sorte d'activité, intime et intense, possède d'ailleurs un champ de développement d'une importance élémentaire. À partir d'opérations intellectuelles, il s'agit d'une expérience rare, étrange, qu'il est difficile d'alléguer (qui n'en est pas moins décisive). Mais cette expérience, extatique, n'a pas, au fond, le caractère d'exception monstrueuse qui tout d'abord la définit. Elle est non seulement d'un accès facile (que dissimulent volontiers les traditions religieuses), mais elle a manifestement la même nature que d'autres expériences communes. Ce qui distingue l'extase est plutôt son caractère intellectuel, relativement développé — tout au moins par rapport aux autres formes — susceptible en tout cas de développement infini. Le sacrifice, le rire, l'érotisme, au contraire, sont des formes naïves, excluant la conscience claire, ou la recevant du dehors. La poésie s'entoure, il est vrai, d'ambitions intellectuelles variées — parfois même elle laisse une confusion s'introduire entre ses démarches et l'exercice « mystique » —, mais sa nature la ramène à la naïveté (un poète *intellectuel* s'agite de l'interférence — de l'attitude soumise, *coupable* — à la logomachie : la poésie demeure aveugle et sourde, elle est la poésie (malgré la plupart des poètes)).

Ni la poésie, ni le rire, ni l'extase ne sont des réponses, mais le champ de possibilités qui leur appartient définit l'activité liée aux affirmations d'une pensée négative. Dans ce domaine, l'activité liée à la mise en question ne lui est plus extérieure (comme dans les contestations partielles, nécessaires aux progrès de la science ou de la technique). L'action négative se décide librement comme telle (consciemment ou non). Cependant, l'accord avec la pure activité pratique est facilité dans cette position du fait de la suppression de l'interférence. Ainsi l'homme en arrive à reconnaître *ce qu'il était*. (On ne pourrait dire à l'avance, cependant, qu'il ne trouve pas son plus grand danger de cette manière.) L'accord avec soi-même est peut-être une sorte de mort. Ce que j'ai dit s'annihilerait comme négativité pure. Le fait même de la réussite lèverait l'opposition, dissoudrait l'homme dans la nature. L'histoire achevée, l'existence de l'homme entrerait dans la nuit animale. Rien n'est moins sûr. Mais la nuit demanderait-elle une condition première : d'ignorer qu'elle est la nuit ? la nuit qui se sait la nuit ne serait pas la nuit, ne serait que la chute du jour... (l'odyssée humaine finissant comme *Aminadab*).

(Deux fragments sur le rire)

I

Il nous faut distinguer :

— la communication liant *deux* êtres (le rire de l'enfant à la mère, le chatouillement, etc.) ;

— la communication, par la mort avec un au-delà des êtres (essentiellement dans le sacrifice) : non avec le néant, encore moins avec une entité surnaturelle, mais avec une réalité indéfinie (je l'appelle, quelquefois, *l'impossible*, et c'est : ce qui ne peut être *saisi (begreift)* d'aucune façon, que nous ne pouvons toucher sans nous dissoudre qu'il est asservissant de nommer Dieu). Cette réalité peut encore, s'il le faut, se définir réellement (tomber dans une association — provisoire — avec un élément fini) à un degré au-dessus (au-dessus de l'individu, sur l'échelle de la composition des êtres), dans la société, le sacré, Dieu, réalité créée, ou demeurer à l'état indéfini (dans le rire commum, le rire infini, l'extase — où la forme divine fond comme du sucre dans l'eau).

Cette réalité indéfinie dépasse la nature (l'humainement définissable) en tant qu'indéfinie, non comme
détermination surnaturelle.

L'autonomie (par rapport à la nature), inaccessible
dans l'état fini, s'accomplit si nous renonçons à cet état
(sans lequel elle n'est pas *concevable*), c'est-à-dire dans la
suppression de celui qui la voulut pour lui : elle ne peut
donc être un *état*, mais un *moment* (un moment de rire
infini, ou d'extase...). La suppression s'effectue — pro-
visoirement — dans le temps d'une communication fulgurante.

II

Corrélation de la rupture dans le rire
avec la communication et la connaissance
(dans le rire, l'angoisse sacrificielle,
le plaisir érotique, la poésie, l'extase)

Dans le rire en particulier, la connaissance est donnée d'un objet commun (qui varie suivant les individus,
les temps, les peuples, mais les différences ne sont pas
de degré, elles ne sont que de nature). Cet objet est
toujours connu mais, d'habitude, extérieurement. Une
difficile analyse est nécessaire à qui s'efforce d'en avoir
la connaissance intime.

Soit un système relativement isolé, perçu comme
un système isolé, une circonstance survenant me
fait l'apercevoir lié à un autre ensemble (définissable
ou non), ce changement me fait rire à deux conditions : 1° qu'il soit soudain ; 2° qu'aucune inhibition ne
joue.

Je reconnais dans un passant quelconque un ami..

Une personne tombe à terre comme un sac : elle s'isolait du système des choses, elle y tombe...

Apercevant sa mère (ou toute autre personne), un enfant en subit soudain la contagion : il la reconnaît semblable à lui ; il passe d'un système extérieur à lui au système qui lui est personnel.

Le rire du chatouillement revient au précédent, mais le *contact* aigu — la rupture du système personnel (en tant qu'il s'isole au-dedans) — constitue l'élément accentué.

En toute *plaisanterie,* un système se donnant pour isolé se liquéfie ; il tombe brusquement dans un autre.

La *dégradation*, dans le sens étroit, n'est pas nécessaire, mais, d'une part, l'accélération de la chute joue dans le sens de la soudaineté ; d'autre part, l'élément de la situation enfantine, le soudain passage (la chute du système adulte — celui des grandes personnes — au puéril) se retrouve toujours dans le rire. Le rire est réductible — en général — au rire de la reconnaissance de l'enfant — qu'évoque le vers de Virgile : *incipe, parve puer, risu cognoscere matrem*[1]. Tout à coup, *ce qui dominait l'enfant tombe dans son domaine.* Ce n'est pas une approbation, mais une fusion. Il ne s'agit pas du triomphe de l'homme bien venu sur les formes dégradées, mais d'une intimité communiquée de part et d'autre. Essentiellement, ce dont le rire procède est la *communication.*

Réciproquement, la communication intime n'utilise pas les formes extérieures du langage, mais des lueurs sournoises analogues au rire (les transes érotiques, l'angoisse sacrificielle, l'évocation poétique...). La com-

---

1. Dans une réunion du *Collège de sociologie*, Roger Caillois, citant ce vers au sujet du rire, maintenait une réserve sur le sens. Il est possible de traduire : « Commence, petit enfant, à reconnaître ta mère par ton rire », mais aussi bien : « à son rire » (*Note* de 1960).

munication étroite du langage a pour objet le souci des choses (nos relations avec les choses), la part qu'elle extériorise est d'avance extérieure (à moins que le langage ne soit pervers, comique, poétique, érotique... ou n'accompagne une démarche contagieuse). La pleine communication est comparable aux flammes, à la décharge électrique dans la foudre. Ce qui attire en elle est la *rupture* qui l'établit, qui en accroît d'autant l'intensité qu'elle est profonde. La rupture qu'est le chatouillement peut apparaître à la volonté sous un jour pénible — le déchirement et le malaise sont plus ou moins sensibles suivant les formes. La rupture est violente dans le sacrifice, elle l'est parfois dans l'érotisme. Elle se retrouve dans le rire de Virgile : la mère provoque le rire de son enfant par une mimique tendant au déséquilibre des sensations. Elle approche soudain son visage, se livre à des jeux d'expressions surprenantes, ou pousse de bizarres petits cris.

L'essentiel est l'instant de violent contact, où la vie glisse de l'un à l'autre, dans un sentiment de subversion féerique. Ce même sentiment se retrouve dans les larmes. Sur un autre plan, se regarder en riant peut être une forme de relation érotique (en ce cas, la rupture s'est produite à la naissance de l'intimité amoureuse). D'une façon générale, ce qui joue dans l'érotisme, charnel ou moral, est le même sentiment de « subversion féerique », associé au glissement de l'un à l'autre.

En ces diverses formes, où l'union de deux êtres est la base, la rupture peut n'intervenir qu'au début, le contact ensuite demeure établi : l'intensité est alors moins grande. *L'intensité du contact*, par là du sentiment féerique, *est fonction d'une résistance*. Parfois, le renverse-

ment d'un obstacle est ressenti comme un contact délicieux. De là dérive un caractère fondamental : ces
contacts sont *hétérogènes*. Ce que la fusion introduit en
moi est une existence *autre* (elle introduit cet *autre* en
moi comme *mien*, mais en même temps comme *autre*) :
en tant qu'elle est passage (le contraire d'un état), la
fusion, pour se produire, demande l'hétérogénéité.
Quand l'aspect du passage ne joue plus (la fusion
accomplie, n'étant plus qu'un état), ne subsiste qu'une
eau stagnante, au lieu des eaux de deux torrents qui se
mêlent en mugissant : la suppression d'une résistance a
changé la fusion en inertie. D'où ce principe : les éléments comiques (ou érotiques) à la longue s'épuisent.
Au moment où les eaux se mêlent, le glissement des
unes dans les autres est violent : la résistance — la
même qu'un être oppose à la mort — est violée. Mais
deux êtres semblables ne peuvent rire ou s'aimer sans
fin de la même façon.

Le rire ne répond d'ailleurs au schéma de la compénétration que rarement. Ce qu'il met d'ordinaire en
jeu est un objet comique, en face duquel un rieur suffit
(théoriquement). En règle générale, les rieurs sont
deux ou plusieurs : le rire se répercute et s'amplifie de
l'un à l'autre, mais les rieurs peuvent s'ignorer, ils
peuvent, leur propre compénétration, la traiter en élément négligeable ou n'en avoir pas conscience. Ce
n'est pas entre les rieurs qu'a lieu la rupture et que
joue l'altérité, mais dans le mouvement de l'objet
comique.

Le passage du rire à deux au rire de plusieurs (ou
d'un seul) introduit à l'intérieur du domaine du rire la
différence qui généralement sépare le domaine de
l'érotisme et celui du sacrifice.

Le débat érotique peut *aussi* (au théâtre) se donner

en spectacle, l'immolation d'une victime peut *aussi* devenir le moyen terme entre le dévot et son dieu : l'amour n'en est pas moins lié à la *compénétration* (de deux êtres), comme le sacrifice est lié au *spectacle*. Le *spectacle* et la *compénétration* sont deux formes élémentaires : leur rapport est donné dans cette formule : la *contagion* (la compénétration intime de deux êtres) *est contagieuse* (susceptible d'une répercussion indéfinie). Le développement des deux formes à l'intérieur du domaine du rire contribue à son caractère inextricable. Il est aisé de discerner leur articulation d'une autre manière : dans la différence de l'amour et du sacrifice, dans le fait que l'un peut avoir, et réciproquement, la valeur de l'autre (intérêt spectaculaire de l'amour, élément de compénétration intime dans le sacrifice).

S'il y a *contagion contagieuse*, c'est qu'un élément spectaculaire est de même nature que sa répercussion. Mais le spectacle est *pour autrui* ce qu'est, *pour les deux êtres*, la compénétration qu'elle met en jeu. Dans le spectacle et, plus généralement, dans chaque thème proposé *à l'attention d'autrui* (dans les jeux de mots, les anecdotes, etc.), les éléments se compénétrant ne recherchent pas leur intérêt propre, mais celui qui les propose est en quête de l'intérêt d'autrui. Il est même inutile que deux êtres soient en jeu. Le plus souvent la compénétration (la contagion) oppose deux mondes, et se borne au passage, à la chute d'un être de l'un dans l'autre. La chute la plus significative est la mort.

Ce mouvement se rapporte au schéma intermédiaire, où la compénétration met encore deux êtres en jeu : l'un, l'être contemplé (*l'acteur*) peut mourir. C'est la mort de l'un des termes qui confère à la communication son caractère humain : elle n'unit plus, dès lors, un être à l'autre mais un être à l'au-delà des êtres.

Dans le rire du chatouillement, le chatouillé passe de l'état placide à l'état convulsif — qui l'aliène, qu'il subit, qui le réduit à l'état impersonnel de substance vivante : il s'échappe à lui-même et par là s'ouvre à l'autre (qui le chatouille). Le chatouillé est le spectacle du chatouillant, mais ils communiquent ; entre eux la séparation du spectacle et du spectateur n'est pas effectuée (le spectateur est encore acteur, n'est pas « contemplateur », etc.).

J'introduis cette supposition : qu'un chatouillé, étant ivre, tue — pour rire et par jeu — son persécuteur. Non seulement la mort inhibe le rire, mais elle supprime entre les deux la possibilité de communiquer. Cette rupture de la communication n'est pas seulement négative : elle est, sur le plan distinct, l'analogue des chatouillements. Le mort s'était uni au chatouillé par les ruptures renouvelées des chatouillements : de même, le meurtre unit le chatouillé au mort — ou bien plutôt, comme il est mort, à l'au-delà du mort. D'autre part, du fait même de la mort, le chatouilleur est détaché du chatouillé comme un spectacle d'un spectateur.

L'ALLELUIAH

Catéchisme de Dianus

I

Tu dois savoir en premier lieu que chaque chose ayant une figure manifeste en possède encore une cachée. Ton visage est noble : il a la vérité des yeux dans lesquels tu saisis le monde. Mais tes parties velues, sous ta robe, n'ont pas moins de vérité que ta bouche. Ces parties, secrètement, s'ouvrent à l'ordure. Sans elles, sans la honte liée à leur emploi, la vérité qu'ordonne tes yeux serait avare.

Tes yeux s'ouvrent sur les étoiles et tes parties velues s'ouvrent sur... Ce globe immense où tu t'accroupis se hérisse dans la nuit de sombres et hautes montagnes. Très haut sur les crêtes neigeuses est suspendue la transparence étoilée du ciel. Mais d'une crête à l'autre demeurent béants des abîmes où parfois la chute d'une roche se répercute : le fond clair de ces gouffres est le ciel austral, dont l'éclat répond à l'obscurité de la nuit boréale. De même la misère des sentines humaines un jour sera pour toi l'annonce de joies fulgurantes.

Il est temps qu'en chaque chose connue de toi, ta folie sache apercevoir l'envers. Temps pour toi d'inverser au fond de ton être une image insipide et triste du monde. Je te voudrais déjà perdue dans ces abîmes où d'horreur en horreur tu entreras dans la vérité. Un fleuve fétide a sa naissance au creux le plus doux de ton corps. Tu t'évites toi-même, t'éloignant de cette immondice. Suivant au contraire un instant le triste sillage, ta nudité lâchée s'ouvre aux douceurs de la chair.

★

Ne cherche plus la paix ni le repos. Ce monde d'où tu procèdes, que tu es, ne se donnera qu'à tes vices. Sans une profonde perversion du cœur, tu ressemblerais au grimpeur à jamais endormi près du sommet, tu ne serais que pesanteur abattue, que fatigue. Ce qu'en second lieu tu dois savoir est qu'aucune volupté ne vaut d'être désirée, sinon le désir de la volupté lui-même. La recherche à laquelle te lient ta jeunesse, ta beauté, ne diffère pas moins de la représentation des voluptueux que de celle des prêtres. Que serait la vie d'une voluptueuse sinon ouverte à tous les vents, ouverte dès l'abord au vide du désir? D'une façon plus vraie que l'ascète moral, une chienne ivre de plaisir éprouve la vanité de tout plaisir. Ou plutôt la chaleur ressentie par elle à savourer dans la bouche une horreur est le moyen de désirer de plus grandes horreurs.

Non que tu doives t'écarter d'une recherche sagace. La vanité du plaisir est le fond des choses, que l'on n'atteindrait pas s'il était aperçu dès l'abord. L'apparence immédiate est la douceur à laquelle il te faut t'abandonner.

★

Je dois t'expliquer maintenant que la difficulté sou-
levée dans le second point n'est pas de nature à
décourager. C'est le peu de sagesse ou plutôt le dénuement moral des hommes d'autrefois qui les portait à
fuir ce qui leur semblait vain. Il est facile aujourd'hui
d'apercevoir la faiblesse de ces conduites. Tout est vain,
tout est leurre, Dieu lui-même est l'exaspération d'un
vide, si nous nous engageons dans les voies du désir.
Mais le désir demeure en nous comme un défi au
monde même qui lui dérobe infiniment son objet. Le
désir est en nous comme un rire ; nous nous moquons
du *monde* en nous mettant nus, nous livrant sans limite
au désir de désirer.

Tel est l'inintelligible sort auquel nous a voué le refus
d'accepter le sort (ou le caractère inacceptable du
sort). Nous ne pouvons que nous jeter à la poursuite
des signes auxquels se lient le vide, en même temps le
maintien du désir. Nous ne pouvons subsister qu'à la
crête, ne nous hissant que sur des épaves. Au moindre
relâchement succéderaient la fadeur du plaisir ou
l'ennui. Nous ne respirons qu'à l'extrême limite d'un
monde où les corps s'ouvrent — où la nudité désirable
est obscène.

Autrement dit nous n'avons de possibilité que
l'impossible. Tu es dans le pouvoir du désir écartant les
jambes, exhibant tes parties sales. Cesserais-tu d'éprouver cette position comme interdite, aussitôt le désir
mourrait, avec lui la possibilité du plaisir.

★

Ne cherchant plus le plaisir, renonçant à voir en un leurre si évident la guérison des souffrances et l'issue, tu cesserais d'être mise à nu par le désir. Tu succomberais à la prudence morale. Il ne subsisterait de toi qu'une forme éteinte, retirée du jeu. C'est dans la mesure où l'idée du plaisir t'abuse que tu t'abandonnes aux flammes du désir. Tu ne dois plus ignorer maintenant quelle cruauté t'est nécessaire : sans une décision d'une audace injustifiable, tu ne pourrais supporter le sentiment amer qu'a l'assoiffée de plaisir d'être la victime de sa soif. Ta sagesse te dirait de renoncer. Seul un mouvement de sainteté, de folie, peut maintenir en toi le sombre feu du désir qui dépasse de toutes les façons les furtives lueurs de l'orgie.

Dans ce dédale résultant d'un jeu, où l'erreur est inévitable et doit être sans fin renouvelée, rien de moins ne t'est nécessaire que la naïveté de l'enfant. Sans doute il n'est pas de raison pour toi d'être naïve, il n'en est guère d'être heureuse. Il te faudra pourtant avoir l'audace de persévérer. L'effort démesuré que les circonstances te demandent est évidemment épuisant, mais tu n'as pas le loisir d'être épuisée. Tombant dans le pouvoir de la tristesse, tu ne serais plus qu'un déchet. Une singulière gaieté, nullement feinte, nullement fausse, une gaieté d'ange est nécessaire dans les angoisses du plaisir.

L'une des dures épreuves réservées à ceux que n'arrête rien touche sans doute la nécessité où ils sont d'exprimer une horreur indicible. Quand de cette horreur ils ne peuvent que rire, ne l'ayant rencontrée que pour en rire, ou plutôt, mieux : pour en jouir. Tu ne dois d'ailleurs pas t'étonner s'ils paraissent succomber au malheur à l'instant même où ils en sont venus à bout. Telle est généralement l'ambiguïté des choses humaines. La certitude de l'horreur mène d'autant plus vite à la joie qu'elle est pure de réserve. Tout en moi se dissout dans une éclatante et voluptueuse rage de vie que seul exprime suffisamment le désespoir. Cette impuissance définitive à saisir, cette inexorable nécessité de n'enfermer rien seraient-elles supportées sans une ingénuité d'enfant?

Ce que j'espère de toi dépasse de cette façon la réso-lution sagace comme le désespoir ou le vide. Il te faut de l'excès de lucidité tirer l'enfantillage, qui l'oublie (le caprice, qui anéantit). Le secret de vivre est sans doute la destruction ingénue de ce qui devait détruire en nous le goût de vivre : c'est l'enfance triomphant sans phrases des obstacles opposés au désir, c'est le train effréné du jeu, le secret des cachettes où, petite fille il t'arriva de soulever ta jupe...

II

Si le cœur te bat, pense aux minutes d'obscénité d'un enfant.

Chez l'enfant, divers moments sont séparés,

    ingénuité
    jeu joyeux
    saleté.

Un adulte lie ces moments : il atteint dans la saleté la joie ingénue.

La saleté sans la honte puérile, le jeu sans la joie de l'enfant, l'ingénuité sans le mouvement éperdu de l'enfance, sont les comédies auxquelles réduit le sérieux des adultes. La sainteté, d'un autre côté, maintient le feu dont brûlait l'enfance. La pire impuissance est l'achèvement du sérieux.

La nudité des seins, l'obscénité du sexe ont la vertu d'opérer ce dont, petite fille, tu n'as pu que rêver, ne pouvant rien faire.

III

Accablé des tristesses glacées, des horreurs majes-tueuses de la vie ! À bout d'exaspération. Aujourd'hui je me trouve au bord de l'abîme. À la limite du pire, d'un bonheur intolérable. C'est au sommet d'une hauteur vertigineuse que je chante un *alleluiah* : le plus pur, le plus douloureux que tu puisses entendre.

La solitude du malheur est un halo, un vêtement de larmes, dont tu pourras couvrir ta nudité de chienne.

Écoute-moi. Je te parle dans l'oreille à voix basse. Ne méconnais plus ma douceur. Va dans cette nuit pleine d'angoisse, nue, jusqu'au détour du sentier.

Entre tes doigts dans les replis humides. Il sera doux de sentir en toi l'âcreté, la viscosité du plaisir — l'odeur mouillée, l'odeur fade de chair heureuse. La volupté contracte une bouche avide de s'ouvrir à l'angoisse. Dans tes reins deux fois dénudés par le vent, tu sentiras ces cassures cartilagineuses qui font glisser entre les cils le blanc des yeux.

Dans la solitude d'une forêt, loin de vêtements aban-donnés, tu t'accroupiras doucement comme une louve.

La foudre à l'odeur fauve et les pluies d'orage sont les compagnons d'angoisse de l'obscénité.

Relève-toi et fuis : puérile, éperdue, riante à force de peur.

IV

Le temps est venu d'être dur, il me faut devenir de pierre. Exister dans le temps du malheur, menacé...; inébranlé faire face à des éventualités désarmantes, pour cela s'abîmer en soi-même, être de pierre, rien répondrait-il mieux à l'excès du désir?

La volupté excessive, embrasant le cœur, elle le dévaste et l'oblige à la dureté. Le brasier du désir donne au cœur l'audace infinie.
Jouissant à n'en plus pouvoir ou t'enivrant à mort, tu détournes la vie des retards pusillanimes.

Les passions ne favorisent pas la faiblesse. L'ascèse est un repos, comparée aux voies fiévreuses de la chair.

Imagine maintenant, sans abri concevable pour toi, l'étendue s'ouvrant au malheur. Ce que tu dois attendre . la faim, le froid, les sévices, la captivité, la mort sans assistance... Imagine la souffrance, le désespoir et le dénuement. Croyais-tu échapper à cette déchéance? Devant toi le désert maudit : écoute ces cris auxquels jamais personne ne répondra. Ne l'oublie pas : tu es désormais la chienne qu'accable la fureur des loups. Ce lit de misère est ton pays, ton seul authentique pays.

De toute façon, les furies aux chevelures de serpent sont les compagnes du plaisir. Elles t'accompagneront par la main — te gorgeant d'alcool.

Le calme d'un couvent, l'ascèse, la paix du cœur se proposent à ces malheureux que hante le souci d'un abri. Aucun abri n'est imaginable pour toi. L'alcool et le désir abandonnent aux violences du froid.

Le couvent retirerait du jeu, mais un jour la religieuse a brûlé d'ouvrir les jambes.

D'un côté, la recherche du plaisir est lâche. Elle poursuit l'apaisement : le désir au contraire est avide de ne jamais être assouvi.

Le fantôme du désir est nécessairement menteur. Ce qui se donne pour désirable est masqué. Le masque tombe un jour ou l'autre, à ce moment se démasquent l'angoisse, la mort et l'anéantissement de l'être périssable. À la vérité, tu aspires à la nuit, mais il est nécessaire de passer par un détour et d'aimer des figures aimables. La possession du plaisir qu'annonçaient ces figures désirables se réduit vite à la possession désarmante de la mort. Mais la mort ne peut être possédée : elle dépossède. C'est pourquoi le lieu de la volupté est le lieu de la déception. La déception est le fond, elle est la dernière vérité de la vie. Sans la déception épuisante — à l'instant même où le cœur manque — tu ne pourrais savoir que l'avidité de jouir est la dépossession de la mort.

Loin d'être une lâcheté, la recherche du plaisir est l'extrême avancée de la vie, elle est le délire de l'audace. C'est la ruse qu'utilise en nous l'horreur d'être assouvi.

Aimer sans doute est le possible le plus lointain. Sans fin, les obstacles dérobent l'amour à la rage d'aimer.

Le désir et l'amour se confondent, l'amour est le désir d'un objet à la mesure de la totalité du désir.

Un amour insensé n'a de sens qu'allant vers un amour plus insensé.

★

L'amour a cette exigence : ou son objet t'échappe ou tu lui échappes. S'il ne te fuyait pas, tu fuirais l'amour.

Des amants se trouvent à la condition de se déchirer. L'un et l'autre ont soif de souffrir. Le désir doit en eux désirer l'impossible. Sinon, le désir s'assouvirait, le désir mourrait.

Dans la mesure où l'emporte la part de l'inassouvi, il est bon d'assouvir le désir et de se perdre au sein d'un bonheur indicible. À ce moment, le bonheur est la condition d'un désir accru; l'assouvissement, la fontaine de jouvence du désir.

V

Cesse de méconnaître *qui tu es*. Comment te vouloir humiliée, tenue d'aborder les autres avec une figure qui n'est pas la tienne ?

Tu pourrais répondre aux convenances et jouir de l'estime des humiliés. Il serait aisé d'apprécier en toi les côtés par lesquels tu travaillerais à la falsification sans mesure. Il importerait peu de savoir si tu mens. Tu répondrais par une attitude servile à la servitude du grand nombre, dérobant l'existence à la passion. À cette condition tu serais Mme N... et j'entendrais tes éloges...

Tu devais choisir entre deux voies : être « recommandée » comme une des leurs aux membres d'une humanité que l'horreur de l'homme a fondée ; — ou t'ouvrir à la liberté de désirs excédant les limites reçues.

Dans le premier cas, tu céderais à la fatigue...

Mais comment oublier le pouvoir qui t'appartient, de mettre en toi l'être lui-même en jeu ? Mesure l'excès de sang qui t'échauffe sous le *gris du ciel* : pourrais-tu plus longtemps le dissimuler sous la robe ? Étoufferais-tu plus longtemps ce cri de rage et d'excessive volupté — que d'autres auraient réduit à ces menus propos que la bienséance demandait? Serais-tu moins fascinante enivrée de honte que ne l'est la nudité de la nuit?

L'insoutenable joie de retirer ta robe est seule à la
mesure de l'immensité... où tu sais que tu es perdue :
l'immensité, comme toi, n'a pas de robe, et ta nudité,
qui se perd en elle, a la simplicité des mots. En elle, ta
nudité t'expose immensément : tu es crispée, écartelée
de honte, et c'est immensément que ton obscénité te
met en jeu.

(Silencieuse et nue, n'est-ce pas l'intimité de l'univers à laquelle t'ouvre un vertige intolérable? et n'est-ce
pas l'univers mal fini qui bâille entre tes jambes? Question sans réponse. Mais toi-même, ouverte sans robe au
rire infini des étoiles, douterais-tu que le vide lointain
ne soit au même instant plus lourd que ne l'est cette
inavouable intimité qui se dissimule en toi?)

Étendue, la tête en arrière, les yeux perdus dans les
coulées laiteuses du ciel, abandonne aux étoiles... le
plus doux ruissellement de ton corps!

Aspire l'odeur sulfureuse et l'odeur de sein nu de la
Voie lactée : la pureté de tes reins ouvrira tes rêves à la
chute dans l'espace inconcevable.

Les conjonctions de chenilles nues des sexes, ces calvities et ces antres roses, ces rumeurs d'émeutes, ces
yeux morts : ces longs hoquets de rage riante sont les
moments qui répondent en toi à la fêlure insondable
du ciel...

Les doigts glissent dans la fente où la nuit se dissimule. La nuit tombe dans le cœur et des chutes d'étoiles raient la nuit où ta nudité comme le ciel est ouverte.

Ce qui s'écoule en toi dans le plaisir — dans l'horreur doucereuse de la chair — les autres le dérobent à
l'immensité de la mort... Ils le dérobent à la solitude du
ciel! C'est pour cela qu'il te faut fuir, te cacher dans le
fond des bois. Ce qui dans la volupté déchire, appelle le
vertige de la solitude : la volupté demande la fièvre!
Seuls tes yeux blancs peuvent reconnaître le blasphème
qui liera ta blessure voluptueuse au vide du ciel étoilé.

Nul n'est à la mesure de tes rages sinon l'immensité
silencieuse de la nuit.

Niant les êtres limités, l'amour les rend à l'infini du
vide, il les borne à l'attente de *ce qu'ils ne sont pas.*

VI

Dans le supplice d'aimer je m'échappe à moi-même. Et nu, j'accède à la transparence irréelle.

Ne plus souffrir, ne plus aimer, me borne au contraire à ma pesanteur.

L'amour-élection s'oppose à la lubricité. L'amour, qui purifie, rend fades les plaisirs de la chair. À la sale curiosité de l'enfant succèdent des transports, des naïvetés pleines de pièges.

À regarder les cellules simples asexuées, la reproduction d'une cellule provient, semble-t-il, d'une impuissance à maintenir en son intégrité le système ouvert. L'accroissement de l'être minuscule a pour résultat le trop-plein, l'excessive déchirure et la perte de l'unité.

La reproduction des animaux sexués et des hommes se divise en deux phases dont chacune a ces mêmes aspects de trop-plein, d'excessive déchirure et de perte. Deux êtres communiquent, dans la première phase, par le canal de leurs déchirures. Nulle communication n'est plus violente. La déchirure cachée (comme une imperfection, comme une honte de

l'être) se dénude (elle s'avoue), elle se colle goulû-
ment à l'autre déchirure : le point de rencontre des
amants est le délire de déchirer et d'être déchiré.

★

La fatalité des êtres finis les laisse à la limite d'eux-
mêmes. Et cette limite est déchirée. (D'où le sens
déchirant de la curiosité !)
Seuls la lâcheté et l'épuisement tiennent à l'écart.

Penchée sur le vide, ce que, dans sa profondeur, tu
devines est l'horreur.
De tous côtés, s'approchent d'autres corps déchirés ;
malades avec toi de la même horreur, ils sont malades
du même attrait.

La fente est velue sous la robe. Dans le vide ouvert au
désordre des sens, les jeux de lumière excédants du
plaisir font trembler.

Le vide désespérant du plaisir, qui sans fin nous
engage à fuir, au-delà de nous-mêmes, dans l'absence,
serait irrespirable sans l'espoir. En un sens l'espoir est
trompeur, mais nul ne subirait l'attrait du vide, si
l'apparence contraire ne s'y mêlait.

Dans la transe, le vide n'est pas encore vraiment le
vide, mais la *chose*, ou l'emblème du néant qu'est
l'ordure. L'ordure fait le vide en ce qu'elle écœure. Le
vide se révèle dans l'horreur que l'attrait ne surmonte
pas. Ou qu'il surmonte mal.

La vérité, le fond de désespoir de la débauche, en est
l'aspect immonde, qui écœure.

★

L'image de la mort qu'est l'ordure propose à l'être un vide qui écœure ; l'ordure autour d'elle fait le vide. Je la fuis avec l'énergie du désespoir : mais non seulement mon énergie, ma peur et mon tremblement la fuient.

Le néant, *qui n'est pas*, ne peut se séparer d'un signe...
Sans lequel, n'étant pas, il ne pourrait nous attirer.

Le dégoût, la peur, au moment où le désir naît de ce qui fait peur, et donne la nausée, sont à la vie érotique le sommet : la peur nous laisse à la limite de défaillir. Mais le signe du vide (l'ordure) n'a pas seul le pouvoir d'appeler la défaillance. Il lui faut, se liant aux couleurs séduisantes, composer son horreur avec elle afin de nous maintenir angoissés dans l'alternative du désir et de la nausée. Le sexe est lié à l'ordure : il en est l'orifice ; mais il n'est l'objet du désir que si la nudité du corps émerveilla.

★

Jeune, belle, tes rires, ta voix, ton éclat attirent un homme, mais il n'attend que l'heure où le plaisir en toi mimant l'agonie le portera à la limite de la folie.

Ta nudité, belle, offerte — silence et pressentiment d'un ciel sans fond — est pareille à l'horreur de la nuit, dont elle désigne l'infini : ce qui ne peut se défi-

nir — et qui, sur nos têtes, élève un miroir de la mort
infinie.

Attends d'un amant les souffrances qui l'effacent.
Nul n'est plus qu'un pouvoir d'ouvrir en soi le vide qui
le détruira. Ce qui demande la rage, la révolte et l'obs-
tination haineuse, en même temps cynique, tendre,
enjouée, toujours à la limite de la nausée.

Ce jeu de la séduction et de la peur, où sans fin le
vide, dérobant le sol, abandonne à l'excès de joie, où la
belle apparence prend, à l'opposé, le sens de l'horreur, est de nature à lier ces contraires qu'il assemble.
Les êtres de chair, tour à tour habillés, mis à nu,
condamnés à servir l'un à l'autre de mirage, plus loin,
à ruiner ces mirages, à révéler l'angoisse, l'ordure, la
mort, qui sont en eux, sont perdus par le jeu qui les
joue et il les livre à l'impossible. Ton amour est ta
vérité s'il t'abandonne à l'angoisse. Et le désir en toi
n'a désiré que pour défaillir. Mais s'il est vrai qu'un
autre devant toi porte en lui la mort, si le pouvoir qu'il
a de t'attirer est celui de te faire entrer dans la nuit, un
instant, livre-toi sans limite à la rage puérile de vivre :
tu n'as plus désormais que des robes déchirées et ta
nudité sale est promise au supplice des cris.

Deux êtres se choisirent en vue du naufrage sexuel,
en suivant les attirances les plus fortes. En eux seuls le
possible est en jeu tout entier. La force requise est plus
grande ; la beauté, la force et le courage sont les signes
d'une défaillance. Mais le courage est la vertu super-
ficielle, il s'agit à la fin de sombrer dans l'horreur de
l'être.

Le désir va du vide de la beauté à sa plénitude. La

parfaite beauté, ses mouvements vifs, impérieux et irré-
futables, ont le pouvoir d'embraser la déchirure, en
même temps d'attarder, d'attacher. La déchirure
donne à la beauté son halo funèbre. Elle lie, dans des
conditions favorables, à la pureté des lignes une possibilité de trouble infini.

Les deux amants se donnent en assemblant leur
nudité. Ils se déchirent ainsi et demeurent longtemps
l'un et l'autre liés à leurs déchirures.

La beauté est de l'autre monde, elle est le vide, elle
est l'arrachement qui manque à la plénitude.

Le néant : l'au-delà de l'être limité.

Le néant est, à la rigueur, *ce que n'est pas* un être
limité, c'est, à la rigueur, une absence, celle de la
limite. Considéré d'un autre point de vue, le néant est
ce que désire l'être limité, le désir ayant pour objet *ce
que n'est pas celui qui désire!*

Dans son mouvement initial, l'amour est la nostalgie
de la mort. Mais la nostalgie de la mort est elle-même
le mouvement où la mort est dépassée. Dépassant la
mort, elle vise l'au-delà des êtres particuliers. C'est ce
que dévoile la fusion des amants confondant leur
amour avec celui que l'un a du sexe de l'autre. Ainsi
l'amour lié à l'élection glisse sans fin au moment de
l'orgie anonyme.

L'être isolé, dans l'orgie, meurt, ou du moins, pour
un temps, laisse la place à l'horrible indifférence des
morts.

Dans le glissement d'un être à l'horreur de l'orgie, l'amour atteint sa signification intime, à la limite de la nausée. Mais le mouvement inverse, le moment de la réversibilité, peut être le plus violent. À ce moment, l'élu (l'être particulier) se retrouve, mais il a perdu l'apparence saisissable liée à des limites certaines. De toute façon, du fait qu'il est choisi, l'objet de l'élection est la fragilité, l'insaisissable même. Le peu de chances qu'il y eut de le rencontrer, *lui*, le peu de chances qu'il y a de le garder, le suspendent, de manière à rendre intolérable le désir, au-dessus du néant de ce qu'il n'est pas. Mais il n'est pas seulement la particule infime, d'avance livrée au vide immense : précisément l'excès de vie, de force en lui en a fait le complice de ce qui l'anéantit. L'irremplaçable particularité est le doigt, qui montre l'abîme et en marque l'immensité. Elle est elle-même la révélation provocante du mensonge qu'elle est... La particularité est celle d'une femme qui montre à son amant ses *obscœna*. C'est l'index désignant la déchirure, si l'on veut l'étendard de la déchirure.

La particularité est nécessaire à qui cherche avidement la déchirure. La déchirure ne serait rien si elle n'était celle d'un être, et justement d'un être élu pour sa plénitude. L'excès de vie, la plénitude en lui sont les moyens qu'il eut de souligner le vide : cette plénitude et cet excès sont d'autant plus les *siens* qu'ils le dissolvent, qu'ils lèvent le garde-fou séparant l'être de ce vide. D'où ce paradoxe profond : ce n'est pas la simple déchirure qui nous déchire intensément, mais la particularité riche, absurde, délirante, abandonnant à l'angoisse.

La particularité de l'être élu est le sommet, elle est au même instant le déclin du désir. Le fait d'atteindre le sommet veut dire qu'il en faudra descendre. Parfois, la particularité, d'elle-même, se vide de sens, elle glisse à la possession régulière, se réduit lentement à l'insignifiance.

VII

Au-delà d'élans liés à l'obscénité perdue, tu atteindras l'étendue où règne l'amitié. Cette étendue, où, de nouveau, tu seras désarmée, est d'autant plus lourde qu'en elle est suspendu ce long et frêle éclair : la conscience d'une détresse égale à la tienne. Ce qui dans cette conscience achèvera ton dénuement est cette certitude : que l'éclair rend le dénuement désirable. La détresse partagée est aussi une joie, mais elle n'est douce qu'à la condition du partage. Le fait de sombrer à deux dans les voluptés du dénuement l'altère : le dénuement de chacun des amants est alors réfléchi dans le miroir que l'autre est pour lui. C'est un lent, c'est un délicieux vertige prolongeant la déchirure de la chair. La figure de l'être aimé tire de là son caractère poignant et sa séduction insensée.

Plus l'objet du désir est inaccessible, plus il communique le vertige. Ce qui donne le plus grand vertige est l'unicité de l'être aimé.

Le vertige de l'unicité n'est pas le simple vertige mais la joie que décuple un vertige intolérable. Et sans doute, pour finir, la particularité (l'unicité) se perd, le vide se fait entier et la joie se change en détresse (l'amour meurt, qui ne peut excéder ni l'unicité ni la joie). Mais au-delà de l'unicité qui se perd, commencent des unicités différentes, au-delà d'une joie changée en détresse, de nouveaux êtres changent en joie de nouveaux vertiges.

L'être isolé est un leurre (qui reflète en l'inversant la détresse de la foule), le couple finalement devenant stable est la négation de l'amour. Mais ce qui va de l'un à l'autre amant est le mouvement qui met fin à l'isolement, qui le fait tout au moins chanceler. L'être isolé est *mis en jeu*, ouvert à l'au-delà de lui-même, même, au-delà du couple, à l'orgie.

VIII

Je veux maintenant te parler de moi. Les voies que j'ai montrées sont celles où j'ai passé.

Comment représenter les angoisses où je sombre. Laisse en moi parler la fatigue. Ma tête est si bien faite à la peur, mon cœur est si las, la ruine l'a si souvent gagné, que, plutôt, je pourrais me compter parmi les morts.

M'efforçant chaque jour de saisir l'insaisissable, cherchant de débauche en débauche... et frôlant le vide à mourir : je m'enfermais dans mon angoisse. Pour mieux me déchirer aux déchirures des filles. Plus j'avais peur et plus divinement j'apprenais ce qu'un corps de prostituée avait à me dire de honteux.

Le derrière des filles apparaissait pour finir entouré d'un halo de lueur spectrale : je vivais devant cette lueur.

À chercher dans une fente la lointaine extrémité des possibles, j'avais conscience de me briser et d'excéder mes forces.

L'angoisse est la même chose que le désir. J'ai vécu m'épuisant de nombreux désirs et, toute ma vie, l'angoisse me coupa les jambes. Enfant, j'attendais le roulement de tambour annonçant la sortie de la classe ; et j'attends aujourd'hui l'objet de mon angoisse à n'en plus pouvoir d'attendre. Une terreur m'habite sous un prétexte qui s'empare de moi. À ce moment, ce que j'aime est la mort. Je voudrais fuir, échapper *à l'état présent*, à la solitude, à l'ennui de la vie refermée sur elle-même.

Il m'arrive, dans l'angoisse, de m'avouer ma lâcheté, de me dire : d'autres sont à plaindre davantage et ne sont pas comme moi, pantelants, à donner de la tête sur les murs. Je me relève saisi de honte : je découvre alors en moi-même une deuxième sorte de lâcheté. Il était lâche évidemment d'être dans l'angoisse *pour si peu*, mais il est lâche aussi de fuir l'angoisse, de chercher l'assurance et la fermeté dans l'indifférence. À l'extrême opposé de l'indifférence (le fait de souffrir « pour un rien ») commence *une montée du carmel* : bien qu'il convienne aussi, dans la pleine détresse, de se dresser et de braver l'horreur.

La loi sévère acceptée de ceux qui n'ont pas la nostalgie du sommet est douce et désirable. Mais s'il s'agit d'aller plus loin (le plus loin possible), *la douceur fait défaut.*

Je désire retirer les robes des filles, insatiable d'un vide, au-delà de moi-même, où sombrer.

IX

Un désespoir d'enfant, la nuit, les tombes, l'arbre où l'on sciera mon cercueil agité dans un vent violent : le doigt glissé dans ton intimité, toi rouge et le cœur battant, la mort entrant longuement dans ce cœur...

Passé le seuil au-delà duquel règnent le silence, la peur..., dans une obscurité d'église, ton derrière est la bouche d'un dieu, qui m'inspire une tristesse diabolique.

Se taire et longuement mourir . telle est la condition de la déchirure sans fin. Dans cette silencieuse attente, le plus doux attouchement éveille au plaisir. Que ton esprit se retrouve dans la joie de l'indécence. De là, glissant dans un silence et dans un recul sans fond, tu sauras de quel abandon, de quelle mort le monde est fait. Tu l'imagineras et ce qu'avait voilé ta robe en éprouvera la conséquence : tant de nudités lucides au bord d'un même abîme, renversées de la même joie, angoissées de la même façon.

Tu es marquée. Ne cherche plus à fuir. Certaines facilités sont des leurres. Ni ta mauvaise foi ni ton ironie ne peuvent remplacer la force. La chiennerie devenue ta possibilité, de quelle façon que tu lui veuilles échapper, te retrouve. Non que tu sois liée par le plaisir. Mais tu ne peux qu'aller, ouverte, heureuse, au-devant du pire. Ce qui mène au-delà de la pauvreté des heures, les tristesses qui firent de ta vie la limite de la mort, ne peuvent laisser l'esprit vacant. Tu ne redescendras plus, même le voulant.

Ne t'y trompe pas : cette morale que tu écoutes, que j'enseigne, est la plus difficile, elle ne laisse attendre ni sommeil ni satisfaction.

Je te demande la pureté de l'enfer — ou, si tu préfères, de l'enfant : il ne sera pas fait de promesse en échange et nulle obligation ne te liera. Tu entendras, *venant de toi-même,* une voix qui mène à ton destin : c'est la voix du désir et non celle d'êtres désirables.

Le plaisir, à la vérité, n'importe guère. Il est reçu comme un surcroît. Le plaisir ou la joie, l'*alleluiah* insensé de la peur, est le signe d'une étendue où le cœur se désarme. Dans cet au-delà à demi lunaire, où chaque élément est rongé, les roses humides de pluie s'éclairent de lumière d'orage...

Je revois l'inconnue masquée dont l'angoisse retirait la robe au bordel, visage dissimulé, le corps nu : le manteau, la robe et le linge épars sur le tapis.

C'est pour accéder à cette région de rêve que nous nous servons du tremplin du plaisir. Et sans doute le plaisir n'est trouvé qu'à la condition de ruiner les dispositions reçues, d'ordonner un monde affreux. Mais la réciproque est entière. Nous ne trouverions pas l'éclairage malheureux sous lequel la vérité se dévoile si le plaisir n'assurait pas nos insoutenables démarches.

Ton affaire en ce monde n'est ni d'assurer le salut d'une âme assoiffée de paix, ni de procurer à ton corps les avantages de l'argent. Ton affaire est la quête d'un inconnaissable destin. C'est pour cela que tu dois lutter dans la haine des limites — qu'oppose à la liberté le système des convenances. C'est pour cela que tu devras t'armer d'un secret orgueil et d'une insurmontable volonté. Les avantages que t'a donnés la chance — ta beauté, ton éclat et l'emportement de ta vie — sont nécessaires à ta déchirure.

Bien entendu, ce témoignage ne sera pas révélé vraiment : la lumière émanant de toi ressemblera à celle de la lune éclairant la campagne endormie. Toutefois, la misère de ta nudité et la transe de ton corps énervé d'être nu suffiront à ruiner l'image d'un destin limité des êtres. De même que la foudre qui tombe ouvre sa vérité à ceux qu'elle touche : la mort éternelle, révélée dans la douceur de la chair, atteindra de rares élus. Avec toi ces élus entreront dans la nuit où se perdent les choses humaines : car seule l'immensité des ténèbres dissimule, à l'abri des servitudes du jour, une lumière d'éclat aussi fulgurant. Ainsi dans l'*alleluiah* de la nudité, n'es-tu pas encore au sommet où se révélera l'entière vérité. Au-delà de transports malades, tu devras rire encore, entrant dans l'ombre de la mort. À ce moment se résoudront en toi et se détacheront ces liens qui obligent l'être à la solidité : et je ne sais si tu devras pleurer ou rire, découvrant dans le ciel tes innombrables sœurs...

DU MÊME AUTEUR

Aux Éditions Gallimard

L'EXPÉRIENCE INTÉRIEURE (repris en Tel n° 23)

LE COUPABLE

SUR NIETSCHE

L'EXPÉRIENCE INTÉRIEURE *suivi de* MÉTHODE DE MÉDITA-
TION *et de* POST-SCRIPTUM (SOMME ATHÉOLOGIQUE I).
Édition revue et corrigée

LE COUPABLE *suivi de* L'ALLELUIAH (SOMME ATHÉOLO-
GIQUE II). Édition revue et corrigée

LA LITTÉRATURE ET LE MAL (repris en Folio Essais n° 148)

THÉORIE DE LA RELIGION. ÉDITION DE THADÉE KLOS-
SOWSKI (TEL N° 102)

LE BLEU DU CIEL (L'Imaginaire n° 258)

HISTOIRE DE L'ŒIL (L'Imaginaire n° 291)

ŒUVRES COMPLÈTES

    I.   PREMIERS ÉCRITS, 1922-1940 : Histoire de l'œil — L'Anus
solaire — Sacrifices — Articles. Édition de Denis Hollier. Préface de
Michel Foucault.

    II.   ÉCRITS POSTHUMES, 1922-1940. Édition de Denis Hollier.

    III.   ŒUVRES LITTÉRAIRES : Madame Edwarda — Le Petit —
L'Archangélique — L'Impossible — La Scissiparité — L'Abbé C —
L'Être indifférencié n'est rien — Le Bleu du ciel. Édition de Tha-
dée Klossowski.

    IV.   ŒUVRES LITTÉRAIRES POSTHUMES : Poèmes — Le
Mort — Julie — La Maison brûlée — La Tombe de Louis XXX —
Divinus Deus — Ébauches. Édition de Thadée Klossowski.

    V.   LA SOMME ATHÉOLOGIQUE. I : L'Expérience intérieure
— Méthode de méditation — Post-scriptum 1953 — Le Coupable
— L'Alleluiah.

    VI.   LA SOMME ATHÉOLOGIQUE. II : Sur Nietzsche — Mémo-
randum — Annexes.

Cet ouvrage a été composé
par Euronumérique.
Reproduit et achevé d'imprimer
par Bussière Camedan Imprimeries
à Saint-Amand (Cher), le 3 mars 1998.
Dépôt légal : mars 1998.
Numéro d'imprimeur : 981381/1.

ISBN 2-07-040495-1./Imprimé en France.

85416